KB122724

회사에서 버림 받은 40대 직장인의 생각 바꾸기

김 차장, 유배당하다

김 차장, 유배당하다

초판 1쇄 인쇄 2014년 02월 28일
초판 1쇄 발행 2014년 03월 07일

지은이	김 창 규
펴낸이	손 형 국
펴낸곳	(주)북랩
출판등록	2004. 12. 1(제2012-000051호)
주소	서울시 금천구 가산디지털 1로 168, 우림라이온스밸리 B동 B113, 114호
홈페이지	www.book.co.kr
전화번호	(02)2026-5777
팩스	(02)2026-5747
ISBN	979-11-5585-165-4 03810(종이책)
	979-11-5585-166-1 05810(전자책)

이 도서의 국립중앙도서관 출판시도서목록(CIP)은 서지정보유통지원시스템 홈페이지(http://seoji.nl.go.kr)와 국가자료공동목록시스템(http://www.nl.go.kr/kolisnet)에서 이용하실 수 있습니다.
(CIP제어번호 : 2014007268)

회사에서 버림 받은 **40대 직장인의 생각 바꾸기**

김 차장,
유배
당하다

김창규 **지음**

book Lab

인생을 살면서 고난은 누구에게나 온다
시련을 극복하는 삶이 영웅다운 삶, 자신을 알아가는 삶이다

프롤로그

항상 원하는 바였습니다. 제가 쓴 책이 출판되어 여러 사람들에게 읽히게 되는 것을. 이 프롤로그를 쓰면서도 '정말 꿈이 실현될까?'라는 의구심을 떨치지는 못합니다. 하지만 지금의 제 결심으로 보건대 어떻게든 책은 나올 것 같습니다.

두려움이 엄습합니다. 제 노력의 결과물에 대해서는 대단히 만족하고 '야! 잘 썼다.'라고 자화자찬을 하지만 막상 탈고하고 보니 우리 집사람한테도 보여주기가 싫습니다. 비난받을까 봐, 쑥스러워서 뭐 이런 감정 때문입니다. 또 있습니다. 사람들로 하여금 이 책을 돈 들여 사게 하고, 읽기 위해 그 금쪽같은 시간을 할애해 달라고 할 만한 가치가 이 책에 있을까? 하는 것입니다. 이것이 정말 두려운 이유죠. 어쨌든 주사위는 던져졌고 최선을 다해 저를 이 책에 넣었습니다.

『김 차장, 유배당하다』는 40대 다소 애매한 나이에 회사에서 상사와의 갈등 때문에 주요 요직에서 밀려나 한직으로 발령받은 '한때 잘나갔던 중년 남자의 이야기'입니다. 서울과 멀리 떨어진 새로운 근무지를 '유배지'라고 표현했고, 김 차장이 그 유배 기간 동안 그가 경험한 여러 가지 사건을 통해 순간순간 느낀 여러 감정들, 여러 깨달음을 진솔하게 기술했습니다.

이야기의 핵심은 인생을 살면서 고난은 누구에게나 오고 그것을 맞닥뜨렸을 때 긍정적인 마음을 유지한 채 바뀐 환경에 맞는 적극적인 행위를 함으로써 결국 시련을 극복하는 삶이 영웅다운 삶, 자신을 알아가는 삶이라는 것입니다.

사실 이 책을 쓰기 시작할 때는 1. 시련에 대하여 2. 질투에 대하여 등의 일상적 감정들을 하나의 주제로 선정하여 단편 글 모음처럼 작성했는데, 너무 재미가 없는 것 같아 각각의 주제의 전거로 동양철학, 그리스로마신화, 셰익스피어 전집 등을 일부 정리하여 서로 연결했습니다.

하지만 그것도 독자들이 지루해질 것 같았습니다. 고심한 끝에 그렇다면 독자들이 공감할 수 있는 스토리를 만들고, 그 사이사이에 이 교훈 같은 이야기를 삽입한다면 그래도 재미없음이 덜하겠다고 판단했죠. 그래서 제 이름, 직급, 심지어 성격까지 일부 적용한 김 차장을 만들었고, 가상의 이야기를 꾸며 지금의 책 내용이 된 것입니다.

앞서 말했지만, 이 책에 대해 개인적으로는 만족합니다. 저는 단지 회사원이고 성마른 성격의 소유자여서 삶을 살면서 희로애락을 어떻게 컨트롤 해야 하는가 라는, 마치 위대한 철학자들만이 제시하는 삶의 지침서 같은 글을 쓰기가 너무 힘들고 버거웠습니다. 각각의 주제를 힘들게 완성한 후에는 하나의 스토리에 그것들을 끼워 맞추기는 정말 더 어려웠죠.

하지만 완성해 놓고 보니 '금양모피 역시, 손에 넣은 수고에 비기면 하찮은 것'이라고 일찍이 오비디우스가 말했듯이 이 책 역시 '내 수고에 비기면 독자들에게는 정말 하찮은 것'일 수 있습니다. 긍정적인 생각이 또 필요할 때입니다. 금양모피는 하찮은 것이더라도 그것을 획득하기 위한 이아손의 용기와 배짱은 영웅적인 것처럼 이 책 역시 보잘것없지만 그것에 들어간 제 수고, 열정, 용기는 값어치 있는 것임을 믿습니다.

　이 책을 집필하면서 제가 아리스토텔레스가 말하는 행복 중 두 가지 즉, 영혼인 탁월성을 개발하기 위해 자신의 인격을 갈고 닦으면서 느꼈던 행복, 또 고요한 마음으로 사물이나 현상을 관찰하거나 비추어 봄으로써 참된 행복을 느꼈듯이 독자들도 그랬으면 정말 좋겠습니다.

세상은 참 공정치 못하다.

난 잘 살았고, 잘 견뎠고, 열심히 했는데 장점을 피해 내 단점만을 찾아내기 위해 눈을 부릅뜨고 있는 것 같다. 하지만 아이러니 하게도 대부분의 사람들이 그렇게 느낀다.

왜일까? 거기엔 어떻게 대처를 해야 할까?

김 차장에게 물어보자.

시행착오를 조금은 더 줄일 수 있지 않을까.

— 김주하 MBC 기자

평소에 자기계발서를 읽지도, 권하지도 않았던 이유는 책에 담긴 이야기와 교훈의 '휘발성' 때문입니다.

읽는 순간만 고개를 끄덕이고 책을 덮으면 날아가는 '휘발성' 가득한 '가벼운 책'이 자기계발서에 대한 저의 정의였습니다. 하지만 『김 차장 유배당하다』는 현실적 재미라는 '양념'을 섞어 적절한 무게와 진한 뒷맛을 남기는 글로 가득차 있습니다.

전국시대 묵자 이야기를 통해 미리 아궁이를 고쳐 화재를 예방한 사람보다 불이 난 뒤 요란하게 불을 끈 사람이 더욱 칭찬 받는 세태를 꼬집은 글은 특히 감명 깊었습니다. 묵묵히 자기 자리를 지키며 소리 없이 이 사회를 유지하는 사람들보다 요란하게 사건사고 현장에 나서는 사람들이 더욱 언론의 관심을 받는 경우가 취재 현장에서도 비일비재했던 점이 새삼 떠올랐습니다.

책의 처음부터 끝까지 언젠가 나도 겪어 본 것 같은 '데자뷰'로 가득 찬 점도 흥미롭습니다. 누구나 '내 이야기'처럼 읽을 수 있고 차 한 잔 마시는 5분, 지하철을 기다리는 3분의 시간에도 짬을 내 읽을 수 있는 간략한 구성도 돋보입니다. 게다가 그 짧은 단락들이 연속성을 갖는 긴 스토리로 이어지는 점은 더욱 놀랍습니다.

고등학교 신문반 시절부터 직장 생활 내내 '글쟁이'의 본능을 놓지 않은 필자의 내공이 돋보이는 책입니다.

- 한상우 SBS 경제부 기자

책의 제목을 듣곤 사회 초년병 시절에 처음 접한 사회 생활의 두려움을 극복하기 위해 애써 찾아 읽었던 몇 권의 책들이 생각났습니다. '성공의 처세술', '네트웍 만들기' 등 정확한 제목은 기억나지 않지만 사회 생활을 잘하기 위한 지침서 격으로 나온 책들이었습니다.

마치 새로운 삶의 이정표를 제시하는 듯 하여 나름 감동 받아 거기 나온 문구들을 외우고 다녀야 하는 것 아닌가 하는 착각을 하기도 하였던 기억이 납니다. 한마디로 교조적으로 쓰여진 '바른 사회 생활 지침서'였죠. 솔직히 이런 기억을 가진 나로서는 시대에 맞춰 버전업한 또 하나의 처세술 관련 서적일 거라는 편견으로 책장을 넘겼습니다. 그런데 그게 아니었습니다.

마치 처세술에 관련한 현대화된 '지식'을 기대한 사람에게 생활 속에서 배우는 삶의 '지혜'를 보여 주었다고나 할까요. 저자는 회사 생활을 하면서 실제로 경험한 사연을 바탕으로 해결의 실마리를 제시하기도 하고 더러는 동서양 현인들의 금과옥조를 통해 현상을 재해석하기도 하였습니다.

손에 잡히는 예시와 갈등구조를 제시하며 이를 물 흐르듯 실마리를 풀어 내는 저자의 역량은 실로 대단하여 단순한 처세술이 아닌 삶의 지혜를 담았다고 할 수 있을 듯 합니다. 저자의 직관과 탁월한 해석력에 경이로움을 담아 서평에 가늠하고자 합니다.

- GS건설 강창식 부장

차례

김 차장,
유배당하다

#제1장

유배 가는 첫날

　새벽 5시 30분. 자명종 소리가 천근만근 무거운 눈꺼풀을 들어올리고 좀 더 자자는 저 마음속의 유혹을 확 쫓아낸다. 부랴부랴 이를 닦고 세수하고 얼른 옷을 챙겨 입고 회사로 향했다.

　이상기온이라 11월에도 날씨가 푹했지만 그래도 새벽에는 음산한 기운이 휘감는다. 게다가 차가운 바람까지 불어 을씨년스러운 느낌마저 든다. 이런 날에 이렇게 일찍 밥도 못 먹고 집에서 나와야 하다니, 괜히 서글펐다. 새벽같이 일찍 나와서 속상한 것은 아니다.

　내가 슬픈 이유는 갑작스럽게 본사에서 지점으로 발령이 나면서 생존 경쟁에서 밀려났다는 생각 때문이었다. 열심히 했는데 내 의사와 상관없이 다른 곳으로 발령이 났고, 그 전근지가 대중교통으로 1시간 50분이나 떨어져 있으니 어찌 가슴이 허하지 않겠는가.

　사직서를 내고 싶었다. 많이 고민했지만 처자식이 있으니 그것도 쉬운 일이 아니었다. 또 이렇게 물러나기에는 자존심이 너무 상할 것 같았다. 일단 다녀보자, 마음을 굳힌다.

　차를 운행하여 출퇴근하면 왕복 2시간 남짓 소요되지만 기름값이 감당이 되지 않을 것이 불을 보듯 자명하였기에 출퇴근 수단으로 지하철을 선택했다. 오늘이 출근 첫날. 지하철 2, 4, 1호선을 번갈아 갈아타면서 이동하는데 마치 슬픈 기차 여행을 하는 듯하다.

지하철에서 내렸다. 회사 사무실까지는 역에서 걸어서 20분 내외이다. 기찻길 옆 오솔길이지만 동화책에 나오는 예쁜 길은 아니었다. 그래도 서울과 떨어졌으니 공기는 좋겠지, 라는 마음으로 숨을 크게 들이마셔 본다. 하지만 상쾌함을 느끼지 못했다. 아마도 길옆에 쓰러져가는 판자촌과 지저분하게 여기저기 널려 있는 쓰레기를 보았기 때문이 아닌가도 싶다.

걸으면서 무엇이 잘못되었을까 생각에 빠졌다. 난 정말 주인의식을 갖고 적극적으로 회사 생활을 했는데 갑자기 '내가 왜 여기서 터벅터벅 걷고 있지?'라는 생각과 함께 전 팀장이 생각났다. '맞아, 그래. 그 사람이 분명히 나를 여기로 보냈을 거야. 자신과 불화가 있었다고 나를 여기에……. 으, 정말 억울하군. 어쨌든 시련은 왔다. 잘 견딜 수 있을까?'

시련이 왔구나. 어떻게 하나?

무슨 일을 해도 성공을 할 때가 있고, 또 어떤 일을 하든 실패할 때가 있습니다. 또 항상 잘나가던 사람이 갑자기 꼬꾸라질 수도 있고, 반면 아웃사이더였던 사람이 어느 날 빛을 볼 수도 있습니다. 운명의 장난이라고 말할 수 있죠. 그런데 그 장난을 어떻게 받아들이느냐에 따라서 정말 운명이 바뀌는 것 같습니다. 변화된 상황을 긍정적으로 보느냐, 아니냐가 일단 중요합니다.

하지만 불행히도 그것만이 다는 아닌 것 같습니다. 즉, 갑작스러운 신분 하락을 극복하기 위해 긍정적인 마음 자세로 열심히 노력해도 재기가 안 될 수도 있고, 반대로 변화된 상황을 받아들이지 못하고 불행하다고 자책하며 허송세월을 보내도 행운의 여신이 그를 더 큰 성공으로 인도하기도 합니다. 결국 알 수 없다는 거죠.

그러나 분명한 것이 있습니다. 긍정적인 자세를 취하든 취하지 않든 그 결과는 알 수 없지만 긍정적인 사람은 어떠한 극한 상황에서도 마음의 평안을 유지할 수 있고, 그렇지 못한 사람은 언제나 불안감에 휩싸여 산다는 것입니다.

살면서 마음의 평안만큼 중요한 것도 없다고 생각합니다. 마음의 평안은 상황을 객관적으로 보게 하기도 하지만 어떤 환경에서든 자아를 상실하게 하지 않고 심지어는 최악의 상황에서도 행복감을 불러일으키기 때문이죠.

인생은 알 수 없습니다. 지금 당장의 호재가 악재일 수도 있고, 악재가 호재일 수도 있습니다. 일희일비 없이 벌어진 상황 속에서 긍정적인 생각으로 평상심을 유지하는 자세, 삶을 살면서 반드시 익혀야 할 중요한 덕목입니다.

그래, 지금 난 힘든 상황이지만 잘 극복하면 다시 재기할 수 있을 거야. 그러려면 정말 마음의 평안이 필요하다. 우선 긍정적인 마음을 갖도록 노력해야겠다. 어느 책에서 역경을 맞은 주인공이 이렇게 되새겼잖아.

〈슬퍼하는 것도 희망이 있을 때 가능한 일이오. 모든 일이 끝나면 그 것도 같이 끝나는 법이오. 지나간 불행에 빠져 있으면 새로운 불행이 찾아와 끝이 없는 법이오. 운명이 불행을 안겨줄지라도 그것을 견뎌 내면 웃어넘길 수가 있는 법이오. 도둑을 맞았어도 낙천적으로 생각하면 언제든 그것은 보충하는 것 아니겠소? 하지만 마냥 슬퍼하고 있으면 자기 자신마저 잃어버릴 것이오.)

이렇게 생각하니 공기가 아까보다 좀 더 상쾌해진 것 같았다. 그러면서 동시에 내가 다시 재기하면 그 전 팀장을 어떻게 할까? 상상해 보았다. '가만두지 않겠어. 공과 사를 구분하지 못한 놈. 반드시 사직하게 만들 테다.' 갑자기 눈빛이 사나워지면서 주먹도 불끈 쥐었다.

❷ 당한 만큼 돌려줄 거야

나에게 불이익을 주고 따돌리며 여러 사람 앞에서 무안을 주는 '나쁜 놈'이 있었습니다. 어떻게 하면 복수를 할까 고민하고 고민했지요. 못된 상사에게는 '그가 그렇게 아끼는 자동차 타이어에 펑크를 낼까?'부터 '투서를 써서 회사에 못 다니게 해야지.'라는 계획을 세웠고, 나의 의견을 번번히 무시하는 동료에게는 중상모략을 하여 팀에서 퇴출시키려고 했으며, 과거 건방지게 행동했던 후배에 대해서는 '언젠가 그가 내 밑으로 오기만 하면 업무적으로 괴롭히고 평가도 제일 나쁘게 줘야지.'라고 다짐했습니다. 그런데 실제 그렇게 했을까요? 그렇게 하지 못했습니다. 대부분의 사람들도 마찬가지입니다.

복수는 남의(그것도 자신이 아는 사람의) 인생을 망가트리기 위해 나를 완전히 버려야 하는 파괴적 행위이기 때문입니다. 생각해 보세요. 누구나 살면서 한 번쯤은 당한 만큼 돌려주기 위해서 저처럼 상상의 나래를 펼쳤을 겁니다. 실행에 옮기기 쉽던가요? 하찮은 복수도 엄청난 시간과 에너지가 집중이 되어야 성공할 수 있습니다. 보통 사람들은 복수를 하기 위해 품어야 하는 적개심과 그 정신적 피곤함을 견디어 낼 수가 없습니다. 그래서 생각만 하다 포기하지요. 그게 좋은 겁니다. 절대 우유부단하다고 자책할 필요가 없는 거죠. 행복한 길을 선택한 것입니다.

오히려 마음 속 복수를 정말로 실행에 옮기는 사람은 불행한 사람입니다. 복수를 실행할 만큼 끔찍한 일을 당했다는 것이며, 복수를 위해 평안하고 행복한 삶을 송두리째 잃어버린 것이고, 결국에는 언제 자신에게 칼을 겨눌지 모르는 또 다른 복수의 화신을 잉태시켜 항상 걱정하면서 살아야 할 처지가 된 것이니까요. 책이나 영화를 봐 보세요. 이것은 진실입니다.

정말 악인은 내가 아니어도 삶이 그에게 응분의 대가를 치르게 합니다. 굳이 내가 나 자신을 파괴해 가면서 그를 징벌하겠다고 나설 필요는 없지요. 혈기 왕성한 젊은이들은 이것을 받아들이기 쉽지 않겠지만 삶이란 그런 것입니다. 복수한다고 쓸데없이 정력을 낭비하지 않았으면 합니다.

진정으로 용서하면 우리는 포로에게 자유를 주게 된다.
그리고 나면 우리가 풀어준 포로가 바로
우리 자신이었음을 깨닫게 된다. -루이스 스메데스

복수가 복수를 낳은 아가멤논 일가의 비극이 생각난다. 잠시 섬 해졌다.

③ 복수는 복수를 낳는다 - 아가멤논 이야기

트로이의 영웅, 그리스 연합군의 총사령관, 왕 중 왕이라는 아 가멤논이 어떻게 죽었는지, 그리고 그를 죽인 그의 부인 클리타 임네스트라는 왜 죽었는지 살펴보면 복수는 복수를 낳는다는 말 을 한 번 더 상기할 수 있을 겁니다.

아가멤논이 트로이 전쟁을 승리로 이끈 후 귀국한 그날, 부인 클리타임네스트라에 의해 살해당합니다. 이런 비극이 일어난 이 유는 지금 남편인 아가멤논이 그녀의 전 남편을 살해했을 뿐만 아니라 아가멤논과 자신의 사이에서 낳은 큰딸도 그의 지시에 의 해 제우스의 제물로 바쳐져 죽음을 당하기 때문이죠. 그래서 그 녀는 남편이 트로이 원정을 떠난 사이, 과거에 아가멤논과의 싸 움에서 패한 후 그녀와 마찬가지로 아가멤논에게 복수를 꿈꾸는 아이기스토스의 꾐에 넘어가 결국 목욕탕에서 칼을 사용하여 그 를 직접 죽인 것입니다.

그 비극적인 날 이후 몇 년이 지나고 더 큰 비극이 그 모습을 드러냈습니다. 아들에 의해 어머니가 살해당한 사건이 벌어진 거 죠. 그 살해범은 바로 클리타임네스트라와 아가멤논 사이에서 출 생한 아들 오레스테스였습니다. 자신의 어머니가 다른 남자와 내 통해서 아버지를 죽이고 그와 함께 왕의 자리를 향유하는 작태가 잘못되었다는 믿음으로 복수를 하게 된 것입니다. 오레스테스는 절치부심하여 새아버지 아이기스토스를 죽이고 "기다려라. 이 젖으로 너를 키우지 않았느냐."는 생모의 애원도 무릅쓰고 결국 살해합니다.

 끔찍하지 않습니까? 아내가 남편을 죽이고 아들이 어머니를 살해하고……. 이 모든 것이 어디에서 왔을까요? 복수입니다. 그들은 복수에는 성공했지만 그 과정에서 상당한 심적 갈등을 겪고 불안해했음을 그리스 3대 비극작가인 아이스로스 작품에 표현되어 있습니다. 자기 파괴가 일어난 거죠. 게다가 복수는 또 다른 복수를 잉태함을 이 비극을 통해 여실히 알 수 있습니다.

 오레스테스는 어떻게 되었느냐고요? 다행히 아폴론의 도움으로 재판에서 승리하여 복수의 여신들의 저주를 피할 수 있게 됩니다. 그 후 그들과 관련된 더 이상의 복수에 대한 이야깃거리는 없어졌습니다.

 햄릿은 복수해야 한다는 당위성에 사로잡혀 "사느냐 죽느냐, 그것이 문제로다."라고 할 정도로 고민하지 않았는가. 복수와는 다른 문제이긴 하지만 누군가에게 타격을 주겠다는 목적에서 중상모략을 계획하고 실행하는 행위도 복수와 같은 영혼의 파괴는 일어나는 것 같다. 셰익스피어의 4대 비극 중 하나인 맥베스에서 야망에 눈이 멀어 왕을 살해한 맥베스와 그의 아내의 심리 상태를 잘 보라.

〈왕을 살해하기 전〉

"나를 믿고 온 왕이 아닌가. 더욱이 그는 나의 친척이고 군주이고. 혹시 이 집에 자객이 있어서 습격을 하더라도 내가 막아야 하거늘 어찌 그의 가슴을 향해 비수를 들겠는가. 더구나 온후하고 인자한 왕인 던컨 왕을 시해라도 하면 무수한 사람들의 원성을 받을 거야."

〈왕을 살해 후〉

"아아, 누군가가 외치는 소리를 들은 것 같기도 하오. '이젠 잠을 잘 수 없다. 맥베스가 잠을 죽여 버렸다.' 아 무심한 잠이여. 근심 걱정으로 얽힌 실타래를 곱게 풀어주는 잠이여. 힘겨운 노동 뒤에 하는 목욕이여. 마음의 상처를 아물게 하는 약이여. 생명을 위한 향연의 최고의 자양분인 잠이여!"

"저 소리는 어디서 나는 거지? 오 무슨 소리만 들여도 가슴이 두근거리는구나. 모든 게 이 손 때문이 아니냐. 눈이 튀어나올 것 같구나."

선왕의 살해 계획을 실행하기 바로 전 주저하던 맥베스의 마음을 다잡아 주던 대범하게 보였던 맥베스의 아내도 결국 괴로워하며 자살을 했다 하지 않는가? "맞은 놈은 펴고 자고 때린 놈은 오그리고 잔다."는 속담이 딱 맞는 것 같다.

그런데 나는 왜 팀장과 사이가 나빠졌을까? 돌이켜 보면 그는 처음 우리 팀으로 전근 올 때부터 나를 꺼려 했던 것 같다. 큰 목소리, 자신만만한 태도, 거침없는 의견 개진, 괜찮은 학벌 및 임원과의 격의 없이 대화하는 모습, 이런 것들이 내 의지와는 상관없이 그에게는 큰 부담이었을 것이다. 그 상황에서 경영층과 독대하면서 독립적으로 일을 했던 나의 업무 방식은 자신을 무시하는 듯한 불쾌함을 불러일으켰겠지.

그런데 사실 나도 마찬가지였다. 비슷한 연배인 그가 관리 쪽에서 갑자기 사업부로 전근 오면서 우리 팀의 팀장으로 부임된다고 했을 때부터 도저히 그의 잘남을 인정하기가 싫었다. 그런 상황에서 오자마자 나에게 반말을 찍찍 하고 사사건건 까칠하게 구니 싫은 감정이 저절로 생겨남은 당연했다.

처음부터 이렇게 서로 감정이 상했으니 어찌 한 팀에서 같이 있을 수 있겠는가? 그런데 그러고 보면 사람은 참 감정적인 동물인 것 같다. 그와 나, 분명히 이성적으로 보면 서로 절실히 필요한 사람인데 첫 감정의 단추가 잘못 채워지면서 모든 것이 다 엉망이 되어 버렸지 않은가?

④ 저 사람은 이성적이지 못해

인간은 이성적 동물일까요, 아닐까요? 대부분 사람들은 인간은 이성적 동물이라고 답할 것입니다. 그렇게 배웠으니까요. 그런데 정말 그럴까요?

자식들의 소중함을 빗대어 "열 손가락 깨물어서 안 아픈 손가락 없다."는 속담이 있습니다. 그런데 "다 아픈 것은 맞다. 그런데 손가락마다 아픔을 느끼는 강도가 다르다."는 반박성의 말도 있습니다. 이성적으로 보면 자식에 대한 사랑의 크기는 똑같을 수밖에 없으나 감정적으로는 차이가 있음을 꼬집는 말일 겁니다. 이렇듯 사람이 객관적이지 않다는 증거는 여기저기서 찾을 수 있습니다.

우리는 자신이 좋아하는 사람이 주장하는 말은 이치에 맞지 않더라도 옹호해 주고 싶고, 반대로 싫어하는 사람이 옳은 말을 하더라도 호응을 해 주지 않습니다. 직원을 채용할 때 객관적 평가 결과에 따라서 선발한다고 하지만 그 사람의 첫인상으로 당락을 결정하기도 합니다. 쇼핑할 때 모든 데이터를 비교하면 분명히 이것을 사야 하는데 괜히 다른 물건에 손이 가기도 합니다.

사람은 이성적인 것 같습니다. 겉으로 보기에는 그렇습니다. 그러나 실제 판단의 기저에는 감정이 도사리고 있죠. 감정이 결정하고 이성이 그 결정을 객관화, 합리화시키는 체제입니다. 물론 사람마다 그 정도가 다를 수 있지만 그 누구든 감정의 결정에서 자유로울 수 없습니다. 결국 얘기하고 싶은 핵심은 사람은 감정의 동물이라서 감정을 배제하고 이성적으로만 사람과의 관계를 형성, 유지, 이해하려고 한다면 낭패를 볼 수 있다는 것입니다.

능력 있는 사람이 세상에서 도태되는 이유가, 엄친아가 왕따가 되는 사유가, 논쟁에서 이기지만 결국에는 패자가 되는 원인이 어쩌면 주변 사람들의 감정을 건드려서 그렇게 되었을 수도 있음을 우리는 알아야겠습니다.

이런저런 생각을 하다 보니 센터에 도착했다. 지점장에게 인사를 하고 한쪽 구석에 마련된 자리에 앉았다. 현장이라서 그런지 시설, 장비가 본사의 그것과는 비교가 되지 않았다. 하나같이 낡았고 지저분했다. 책상과 의자도 마찬가지였다. 옛날 철제 책상에 의자도 삐걱거리는 소리가 난다. 얼굴 표정이 일그러지는 것을 억지로 참고 침착하게 자리 정리를 했지만 억울한 생각이 다시 나를 덮친다.

'아, 사업본부장은 왜 나를 여기다 버렸을까? 나를 신임했다고 생각했는데 나의 착각이었단 말인가? 그를 위해, 회사를 위해 내가 얼마나 열심히 일을 했는데……. 내가 이용당했어. 정말 내가 한심하구나.'

회사의 어두운 부분을 적나라하게 고발한 어느 익명의 회사원이 인터넷에 유포한 글이 생각난다.

5 익명으로 말하는 시대

나는 회사원이다. (중략) 우리 회사는(나름 대기업) 항상 비상 체제다. 이익이 나지 않는다고 언제나 난리다. 회장은 당연히 회사 이익을 내려고 갖은 머리를 다 쓴다. 그러니 그 밑에서 목숨이 파리 목숨인 월급 사장을 포함한 임원들은 회장의 뜻을 받들기 위해 완장을 채워 놓은 조직장들을 달달 볶는다. 좋은 아이디어 내라, 비용 절감해라, 인원 구조 조정해라. 제도 개선해라, 등등.

조직장들은 임원으로 진급을 해야 그 임원들처럼 대우받고 대

내외적으로 고개를 뻣뻣이 세우고 싶어서, 또 적어도 보직을 내놓지 않기 위해 조직원들을 속된 말로 쥐어 짠다. 쥐어짜는 방법은 여러 가지 합법적인 방법이 동원된다. 그중 하나가 서약서다. 그 서약서로 조직원들은 밤낮없이 휴가도 못 가고 열심히 일해도 수당도 못 받는다. 물가는 치솟는데 월급 인상도 없다. 심지어 월급을 반납하기까지 한다.

그래서 그런지 회사에 이익이 났다. 그런데 회장은 "이익을 더 내야지 그게 뭐야." 하고 또 월급 사장을 다그친다. 그러니까 좀 더 타이트한 여러 조치가 취해졌다. 그 조치로 인해 일부 조직장들은 자기 돈을 내 놓으면서 회사 일을 했다. 돈 벌러 왔는데 자기 돈을 박고 있는 것이다. 상식적으로 이해가 되지 않지만 회사를 그만두면 당장 생계가 곤란한 자들이 어쩔 수 없이 선택한 피눈물 나는 자구책이다.

그런데 임원들의 봉급은 공표도 하지 않은 채 대폭 인상이 되었다. 직원 봉급은 동결시키면서······.

사장과 임원들은 출장 한번, 회식 한번 하면 몇백만 원을 지출한다. 직원은 3만 원짜리 여관에 자게 하면서 말이다.

경영층은 주말에 골프장에 가면서 몇십만 원씩 회사 비용을 갖고 간다. 부조도 회사 돈으로 한다. 점심도 회사 돈으로 좋은 음식만 골라서 사 먹는다. 직원들은 없는 봉급에 모두 자기 돈으로 모든 것을 해결하는데······.

회장의 자녀는 금방 임원이 되었고, 여기저기 타이틀을 올려 봉급도 많이 받으면서 빵집이니 커피숍이니 뭐니 부대 사업도 참으로 많이 한다. 나랑 별 차이도 없는 나이인데…….

성과에 따른 보상제도가 도입되었다. 그런데 원래 우리 봉급을 적립해서 연말에 주는 제도 아닌가? 그것도 평가 기준도 확립되지 않는 평가를 해대면서…….

추진하던 사업이 잘못되어 손실을 보게 되었다. 월급 사장이 대로하며 인사위원회를 개최했다. 관련자가 감봉 등 중징계를 받았다. 그런데 이것을 승인한 임원과 주무 참모들은 아무리 찾아봐도 명단에 없다.

전적이지는 않지만 한편으로는 공감은 간다. 회사가 아니 세상이 정의롭지 못한 것 같다. 물론 부조리하다는 판단은 내 개인적인 의견이지만, 개인의 사고와 행동을 좌지우지하는 것은 각각의 마음이므로 당연히 내 생각은 매우 중요하다.

어쨌든 이 혼탁한 시절에, 이 억울함으로 치를 떨고 있는 나는 어떻게 행동해야 할까? 정의를 위해 항거해야 하나, 아니면 모른 척하고 순응, 은둔해야 하나? 참 힘든 문제다. '초사'에 있는 굴원의 '이소(離騷)'라는 시의 명구가 이 힘든 질문의 답인 것 같다.

〈창랑의 물이 맑으면 갓끈을 씻고, 창랑의 물이 흐리면 발을 씻는다.〉

두 번째 문구가 마음에 특히 와 닿는다. 탁한 물이라고 그 물을 도외시하는 것이 아니라 자신의 발이라도 씻으라는 문구. 부당함에 대해 비타협적인 자세만이 최선이 아니라는 의미인 것 같다. 즉, 획일적 대응을 피하고 현실적인 조건에 따라 지혜롭게 대응해야 한다는 뜻이겠지.

노자의 도덕경에도 최고의 선은 같이 어울림이라고 했으며, 기독교인의 삶도 신의 뜻과 맞지 않는 이 혼탁한 세상을 버리는 것이 아니라 더불어 살면서 빛과 소금이 되라고 했으니 삶을 살면서 이상과 현실 사이에서 갈등할 때, 세상이 나를 기만한다는 생각이 들 때 음미해 볼 만한 시구인 것 같다.

어디서 주워 들은 레이첼의 성공 법칙도 화가 나서 얼굴을 붉어질 때 기억에서 꺼내서 중얼거릴 만하다.

6 내가 이용당하는 것 같아요

'레이첼의 커피'가 알려주는 성공 법칙이 있습니다. 가치, 보상, 영향력의 법칙인데 누군가에게 교묘하게 속아서 이용만 당했다는 불쾌감으로 치를 떨고 있을 때 한번 되새겨 볼 만한 법칙입니다.

• 가치의 법칙 - 토사구팽 되었다고 생각될 때
  당신의 진정한 가치는 당신이 받는 연봉이 아니라 당신의 나누는 삶에 달려 있다.

• 보상의 법칙 - 노동력이 착취당하고 있다는 생각이 날 때
  당신의 '수입'은 당신이 얼마나 많은 사람에게 도움이 되고, 그 도움이 얼마나 효과적이냐에 따라 결정된다.

• 영향력의 법칙 - 무시당하고 있다고 느껴질 때

당신의 영향력은 다른 사람의 이익을 얼마나 우선시하느냐에
따라 결정된다.

어떠신가요? 바보같이 이용당했다는(속았다는) 불쾌함, 자책감
이 조금 덜어졌으면 합니다.
참고적으로 '레이첼의 커피'가 알려주는 성공의 법칙에는 위의
3개 법칙에다 진실성 및 수용의 법칙이 추가됩니다. 소개해 드리
면, 진실성의 법칙은 "당신이 다른 사람에게 줄 수 있는 가장 소
중한 선물은 당신 자신이다."이며, 수용의 법칙은 "효과적으로 주
는 비결은 마음을 열고 기꺼이 받는 것이다."입니다.

자리 정리가 어느 정도 끝나고 공식적으로 지점 직원들과 인사를
나누었다. 하나같이 어쩌다 여기 왔느냐는 눈빛을 보냈다. 그들이 보
기엔 내가 회사에서 아주 잘나가는 사람 중의 한 명으로 인식되었음
이 틀림없었기에 여기 조직장도 아니고 단지 조직원으로 전근 온 것
에 대해 매우 의아하게 여기는 것 같았다.

비관주의자는 매번 기회가 찾아와도 고난을 본다
낙관주의자는 매번 고난이 찾아와도 기회를 본다.   - 윈스턴 처칠

난 팀장에게 항명하다가 여기로 쫓겨난 것 같다고 솔직히 말을 했
다. 하지만 그들은 그렇게 생각하지 않은 것 같았다. 나를 경계하는
눈빛이 뚜렷했다. 현장의 문제점, 좀 더 정확히 말한다면 그들의 업무
스타일에 대한 정탐을 하기 위해 여기에 잠깐 왔거나 혹은 몇 달 뒤

에 자신들의 조직장이 될 것이라는 추측들을 하는 것 같았다.

그렇게 생각할 만한 이유가 있었다. 나는 잘 몰랐는데 사업본부장이 이미 여기 조직장에게 "앞으로 크게 활용할 요원이다. 잘 교육시켜라." 하고 별도 지시를 했다는 사실이 팀원들 사이에 알음알음으로 다 퍼져 있었다고 한다.

그 말을 듣자 순간적으로 우쭐한 마음이 들었다. 그래서 자칫하면 "사업본부장이 1년만 현장 업무 배우고 오랬어요."라고 말을 할 뻔했다. 사실 거짓말은 아니다. 내가 여기 오기 전 분명히 그분이 그렇게 말을 하긴 했기 때문이다. 1년 뒤에는 자리를 보존해 주겠다? 믿기는 좀 어려웠지만 최소한의 나의 자존심을 살려주는 말임은 분명했다. 하지만 얼른 입을 닫았다.

"아니에요. 성질이 더럽고 일을 못해서 쫓겨났어요. 많이 가르쳐 줘요."라며 겸손을 피웠다. 지금 생각해도 정말 현명하게 답변을 잘한 것 같다. 왜냐하면 과거에 읽었던 어떤 글이 번뜩 생각났기 때문이다.

저 사람 대단했던 사람이래

빈 깡통이 요란하다고 하지요. 비즈니스를 할 때 "나 전직 임원이야.", "나 청와대 출신이야."라며 수시로 떠들어대는 사람들 다 빈 깡통입니다. 이 빈 깡통을 처음 접한 사람들은 두려워하기도 하지만 실체가 곧 드러나면 속았다고 열이 받아 그들을 정말 빈 깡통 취급합니다. 우리들의 경우도 마찬가지입니다. 자신의 처지를 명확히 인식하고 거기에 맞게 행동해야 하죠.

삶은 알 수 없어서 우리는 신분의 급격한 변화를 겪기도 합니다. 특히나 높은 위치에 있다가 낮은 위치로 처지가 바뀌었을 때 '혹시 지금 내가 빈 깡통처럼 행동하는 거 아니야?'라고 반문해 봐야 하지요. 빈 깡통은 밟아지거나 폐기될 뿐입니다. 처량한 상황에 있음을 슬퍼하며 손상된 자존심을 더 다치지 않게 하기 위해 괜히 허풍 아닌 허풍 떨어봤자 결국 빈 깡통의 최후처럼 될 뿐입니다.

그러면 어떻게 처신하는 것이 현명할까요. '나 이런 사람이야' 하던 분들이 과거의 찬란했던 신분을 뒤로하고 지금 처지에 맞게 겸손히 행동한다면 오히려 비즈니스 상황을 더 유리하게 만들 수 있듯이, 지금 내가 불행히도 동정받을 상황이 되었다면 예전의 나를 잊어버리고 재기를 꿈꾸되 '을'다운 행동을 해야 할 것입니다.

불멸의 이순신 장군이 억울하게 백의종군을 당했을 때, 오나라 왕 구천이 전쟁에 패하고 쓸개를 핥으면 복수를 다짐했을 때 일단 그 황당한 처지를 있는 그대로 받아들이고 그 환경에 맞게 적절한 행동을 하였기에 차후에 재기 혹은 승리할 수 있었을 겁니다.

현실을 있는 그대로 받아들이고
객관적으로 처리하는 것이 가장 유익하다.   - 윌리엄 셰익스피어

난 빈 깡통이 되기 싫다. 또한, 여기서도 교만한 사람으로 낙인찍히고 싶지 않았다. 사실 난 교만한 사람이 아닌데 거침없는 말투, 강한

자기 주장 뭐 이런 것 때문에 회사에서 건방지다는 소문이 났었다. 그런 평판의 소유자인 내가 그 알량한 자존심을 살리기 위해 지금 버려진 이 상황에서도 어쨌든 사업본부장의 라인임을 과시하여 동료들 간의 괜한 벽을 만들 필요는 없다. 성경에서도 말한다. "하나님은 낮은 자를 올려 쓰고 교만한 자를 내려 놓는다."고. 이유야 어쨌든 교만하다고 소문난 나도 지금 결국 유배 중이지 않은가.

8 교만은 몰락의 시작이다. - 이카로스 이야기

교만으로 결국 죽음에 이르는 내용을 담은 신화는 참으로 많습니다. 여기서는 다이달로스와 이카로스 신화와 테세우스의 쓸쓸한 죽음을 소개하겠습니다.

다이달로스와 이카로스

다이달로스는 조각과 건축의 달인으로 크레타의 괴물 미노타우로스를 가두었던 미로 감옥을 만든 자로 유명합니다. 하지만 그는 테세우스를 그 미로에서 탈출시키는 데 조력했다는 이유로 자신이 만든 미로에 아들과 같이 갇힙니다. 탈출을 모색하던 그는 새들의 깃털을 모아 두 쌍의 날개를 만들어 하나는 자기가, 또 하나는 아들에게 붙여주며 아들에게 주의사항을 말합니다. "아들아, 태양빛에 밀랍이 녹지 않도록 너무 높이 날지 말아라." 하고요.

이후 날개를 퍼덕이자 그 부자는 새처럼 하늘로 솟아 올라 평생 나올 수 없을 것 같았던 미로에서 빠져나올 수 있었습니다. 그런데 신이 난 아들은 미로를 뒤돌아보며 교만한 말투로 "난 더 높이 날 수 있지롱." 하고 우쭐거리며 더 날갯짓하다가 그만 태양열에 밀랍이 녹아 에게해로 추락해 죽었습니다.

지금도 이카로스 신화는 유럽의 속담집에서 자만과 야심에서 비롯되는 어리석은 행동을 보여주는 사례로 소개되고 있습니다.

테세우스의 죽음

테세우스는 영웅이 된 이후 인간으로서 분수에 넘어선 행동, 즉 죽음의 왕 히데스의 딸을 납치하려는 교만한 계획을 시도하고 시행하는 과정에서 평생 이루어 온 권력을 빼앗기고 결국 이방의 땅에서 친구에 의해 절벽에 밀려 죽고 마는 불행한 최후를 맞이합니다.

그의 이름이 널리 퍼졌을 때 교만에 빠지지 않고 이 같은 쓸데없는 일을 벌이지 않았다면 그는 영광스러운 죽음을 맞이할 수 있었을 겁니다. 교만이 그 기회를 가차없이 빼앗아 버렸죠.

교만에 관련된 노자의 도덕경의 경구들이 생각난다.

"구제해 주었다고 뽐내지 말고 구제해 주었다고 자랑하지 말며, 구제해 주었다고 교만하지 말라. 사물은 굳세어지면 노쇠하게 되니 이를 도에 맞지 않는다고 한다. 도에 맞지 않으면 일찍 끝나 버린다."

"발돋움하여 서 있는 사람은 오래 서 있을 수 없고 다리를 벌려 걷는 사람은 오래 걸을 수 없다. 스스로를 드러내려는 사람은 현명하지 못하고, 스스로를 옳다고 자랑하는 사람은 공이 없어지며, 스스로를 뽐내는 사람은 덕이 오래가지 못한다. 그것을 도에서 본다면 남은 음식이요, 군더더기 행동이라고 한다. 사람은 그것을 싫어하기도 하므로 도를 터득한 자는 이것에 머물지 않는다."

그 유명한 이탈리아의 시인 단테가 『신곡』이라는 책에서 보여준 지옥에서도 교만한 자가 가장 무서운 형벌을 받는다고 하니 교만은 인간이 경계해야 할 대상 1호임은 분명한 것 같다.

그렇다. 교만이 7개 죄악, 탐식, 탐욕, 나태, 음란, 교만, 시기, 분노 중 가장 나쁜 죄악으로 간주된다고 했다.

인간은 고통 속에서 성장한다

"원두는 충분히 볶지 않으면 신맛이 나고, 너무 오래 볶으면 탄 맛이 나지. 사람은 볶기 전의 원두 같은 존재야. 저마다의 영혼에 그윽한 향기를 품고 있지만 그것을 밖으로 끌어내기 위해서는 화학 반응이 필요하지. 그래서 볶는 과정이 필요한 거야. 어울리면서 서로의 향을 발산하는 거지"

-스텐 툴러, 『친구: 행운의 절반』 중에서

#제2장

💡 유배지에서의 적응

전근 온 지 일주일이 지났다. 매우 무료했다. 다른 동료들은 상당히 바쁘게 움직였지만 나는 할 일이 별로 없었기 때문이다. 조직장조차도 나에게 구체적인 업무를 주지 않고 "전반적인 운영 업무를 보세요."라고만 할 뿐 완전 노터치다.

이거 참, 몸은 편한데 마음은 편하지 않았다. 아무래도 조직장은 내가 부담스러운 존재, 아직 믿지 못할 존재인가 보다.

직원들도 신기해하는 것 같다, 자신을 닦달하던 저 사람이 나한테 온화(?)하게 대하는 모습을 보고 말이다. 내 속은 새카맣게 타는 줄은 모르고. 사실 여기 조직장은 회사 내에서 유명한 분이다. 좋게 말하면 카리스마가 강한 분이고 나쁘게 말하면 폭언, 폭설로 지점을 이끌고 나간다고 해야겠지.

어떤 리더십이 옳은 것일까? 정답은 없는 것 같다. 사업의 종류, 조직의 문화 및 인력의 자질이 어떠하냐에 따라 리더십은 달라져야 하기 때문이다. 그럼에도 도덕경에 나오는 리더에 대한 경구는 음미해 볼 만하다.

🔟 인의가 먼저인가 법이 우선인가?
이것도 저것도 아니면 주먹이 먼저인가?

도덕경: 통치자의 몇 가지 유형

"가장 뛰어난 자는 그가 있다는 것을 알지 못한다. 그다음은 아래 사람들이 그를 가깝게 여기고 기린다. 그다음은 그를 두려워한다. 그다음은 그를 업신여긴다. 윗사람의 믿음이 부족하기에 아랫사람들도 믿지 못하는 일이 생기는 것이다. 가장 뛰어난 자는 느긋하여 그 말을 귀하게 여기고 있으니 공이 이루어지고 일이 완수되어도 백성은 모두 내가 스스로 그렇게 된 것이라고들 말한다."

그런데 가장 뛰어난 자와 그 다음은 되기가 어렵습니다. 사실 제 경험으로는 현실적으로 불가능한 것 같습니다. 그래서 그런지 전국 시대를 통일한 법가에서도 이렇게 말하고 있습니다.

법가

"나라의 모든 사람들이 공자의 인을 따르고 그 의를 칭송했지만 제자로서 그를 따른 사람은 70명에 불과했다. 임금이 되기 위해서는 권세를 장악해야 하는 것이지 인의를 잡아서는 안 된다."

"임금이 신하를 제어하는 방법에는 두 가지의 수단(자루)이 있을 뿐이다. 두 가지 수단이란 형과 덕이다. 사람을 죽이는 것을 형이라 하고, 상을 주는 것을 덕이라 한다. 신하 된 자는 형벌을 두려워하고 상 받기를 좋아한다. 그러므로 임금이 직접 형과 덕을 행사하게 되면 뭇 신하들은 그 위세를 두려워하고 그 이로움에 귀이한다."

사실 법가의 주장이 더 현실적인 것 같습니다. 다른 이야기지만 법보다 주먹이 더 가깝다고도 하지 않던가요. 그만큼 힘에 의존한 통치가 더 쉽고 효율적이라는 뜻이겠죠.

그런데 이 역사적 사실은 뭔가요? 법가를 중심으로 전국시대를 끝냈던 진 나라는 BC 221~BC 206년 즉 15년밖에 지속되지 못했습니다. 인의보다 법이 단기적으로 이기기는 했는데 장기적으로는 아닌 것 같습니다. 회사도 가정도 다 마찬가지 아닐까요?

나도 경험을 해 봐서 알지만 조직장은 참으로 힘든 것 같다. 어떤 목표를 달성하기 위해 자원을 효과적으로 할당하여 최대의 성과를 내는 것이 그의 존재 이유인데 그게 정말 쉽지 않기 때문이다. 인의로 직원을 대하면 그들은 고마워하면서 최선을 다하며 업무를 해야 하는데 사실 대부분의 경우 자신의 이익만을 고집하여 나태해 지고 무책임하게 행동하는 경우가 많다. 심지어 조직장을 무기력하게 만들기도 한다.

반대로 강하게 직원을 다루면 일사불란하게 업무를 하는 것처럼 보이긴 보이는데 최근 중요시 여기는 창의적인 생각은 절대 안 하며 시키는 것만 하는 복지부동이 조직 내에서 최선의 처세 방법으로 자리매김하게 된다. 게다가 불행히도 강한 리더는 잘못하면 투서를 받아 낙마하게 되는 경우도 비일비재하다.

어떻게 해야 할까? 리더에 관련된 수많은 책이 있지만 내가 생각하기에는 자신의 믿음에 대한 중심은 굳건히 유지하면서 주변과의 조화를 추구해야 성공한 리더가 되지 않을까 생각한다.

어, 군자가 그러하지 않은가? 시대에 뒤떨어지긴 한데, 공자 왈,

〈군자는 화목하되 부화뇌동하지 않으며 소인은 동일함에도 불구하고 화목하지 못한다.〉

여기서 부화뇌동이란 자신의 뚜렷한 소신 없이 그저 남이 하는 대로 따라가는 모습을 의미한다. 결국 군자는 자신의 중심을 지키면서 다양성을 인정하면서도 지배하려고 하지 않는 사람을 말하며, 이는 현대어로 대체하면 진정한 리더라고 말 할 수 있지 않을까?

갑자기 왜 리더 타령인지? 이 꽉 막힌 상황에서.

할 일 없는 내 자리에 전화가 울린다. 받고 싶지 않다. 또 누군가가 내가 한직으로 전근된 것을 늦게야 알고 위로하는 전화일 것 같아서이다.

"괜찮니?"

"그러게 왜 팀장과 그랬어?"

"좀 있어 봐. 잘되겠지."

"아니 네가 왜 거기에 가 있어?"

대부분 엇비슷한 마음을 달래주는 말을 건넨다. 그런데 참 이상한 건 전화해 준 그분들에게 굉장히 고마워해야 하는데 실상은 그렇지가 않다는 사실이다. 그런 무마 전화를 받고 나면 마음이 안정이 되기는커녕 오히려 나 자신이 더 초라해져서 가슴앓이가 더 깊어지기 때문이다. 상대방의 상처가 깊을 때는 그냥 모르는 척 놔두는 게 위로의 말을 전하는 것보다 더 나을 것 같다. 나는 앞으로 그럴 것이다. 상대가 받아들일 수 있을 때까지 침묵해 주는 것도 그 사람을 위한 배려임을 지금 충분히 느끼고 있다.

그런데 한편으로는 기다려지는 전화도 있다. 내가 인수인계를 철저히 해 주고 왔지만 실제 업무를 하다 보면 막히는 것이 있을 터. 그 어려운 순간이 닥치면 전 팀장이 나의 존재가 얼마나 대단했는지 비로서 깨닫고 나를 버린 것에 대한 뒤늦은 후회로 땅을 치며 어쩔 수 없이 밑에 직원을 시켜 나에게 어떻게 해야 하냐고 물어보라고 하겠지. 지금 난 바로 그런 전화를 기다리는 것이다. 그 전화는 전 팀장의 항복 선언으로 간주해도 무방하리라. 하지만 일주일이 지난 지금까지 그 통쾌함을 느끼게 할 전화는 오지 않고 내 속만 상하고 있다. 제길. 개인이 아니라 조직이 일을 한다고 하더니 정말 그런가 보다. 나 혼자 나 자신을 대단하다고 착각했지 실은 별거 아닌 존재였다 보다. 씁쓸하다.

어쨌든 수화기를 들었다. 이게 웬일인가. 나와 별로 친분이 없는 사람이 아닌가? 그런데 전화한 이유가 황당했다. 몇 달 전에 내가 본사에 있으면서 만든 정책 중 이거 이거는 잘못된 것이다. 왜 그렇게 했느냐며 따지는 전화였다. 아니 그때는 아무 말도 없다가 왜 지금에서야……?

〈정승 개 죽은 데는 문상을 가도 정승 죽으면 문상을 가지 않는다.〉
〈털 뽑힌 봉황은 닭보다 못하다.〉

내가 정승도 봉황도 아니지만 본사 핵심부서에서 한직으로 밀려났다고 이런 어처구니 없는 전화를 받고 있어야 하다니, 으……. 하기야 어제도 약간 충격을 받지 않았는가. 며칠 전 필요한 자료가 있어 본사에 있는 후배에게 요청했는데 같이 있을 때는 즉각 주더니 지금은 3일이 지나도 전화도 답신 이메일도 오지 않고 있지 않으니 세상 인심, 참 그렇다.

정말 기분이 뭐 같았다. 분해서 씩씩거린다. 또 복수해야지, 두고 보자, 라는 생각이 머릿속에서 빙빙 돌았다. 그러다가 "저 사람 대단했던 사람이래"의 빈 깡통이 생각났다. 내가 아직 내 처지를 잘 모르는구나, 하고 반성하며 아직 여기서 적응하려면 멀었다 싶은 생각에 주먹으로 머리를 한 대 쳤다.

실제로 그렇지 않은가? 지금 난 겉돌고 있다. 조직장뿐만 아니라 모든 직원들이 나에게 불친절하게 대하지는 않지만 그렇다고 마음의 문도 열지 않는다. 현장 업무에 궁금한 것이 있어 물어보면 대답은 해주지만 대충 얼버무린다. 자세히 물을 수가 없었다. 이래서야 여기에서 제대로 근무할 수가 없다. 어떻게 해야 할까?

일단 그들과의 공감대를 형성해야만 할 것 같았다. 그렇게 결심한 후 특권의식을 버리고 팀원들과 정말 똑같이 행동했다. 집은 멀었지만 그들과 같이 일찍 출근하고 늦게 퇴근했다. 현장 청소도 같이 했다. 허드렛일도 마다하지 않았다. 또 별로 좋아하지 않는 술도 같이 먹었다. 그렇게 두 달이 지났다. 이제야 몇몇 직원들이 와서 격 없는 대화를 요청했다. 조직장은 아직 날 경계하는 듯했으나 처음보다는 많이 속내를 말한다.

> 물은 자신 앞에 있는 모든 장애물에 대해
> 스스로 굽히고 적응함으로써 마침내 바다에 이른다.
> 적응하는 힘이 자유로와야
> 자신에게 달려오는 운명에 유연히 대처할 수 있다. -노자

마음이 좀 편해졌다. "군자는 무일(無逸)해야 한다."라는 말에 크게 공감한다. 또 리더 타령인데 군자를 리더로 바꾸면 "리더는 무일해야 한다."는 것이다. 여기서 무일이란 아무 일도 하지 않는다는 뜻이 아니라 편안함에 처해 있지 않아야 한다는 의미이다. 즉, 리더는 편함을 멀리하고 항상 부지런히 조직을 위해 무엇인가를 해야 한다는 뜻이다. 나는 여기서 조직장은 아니지만 직급의 선임자로서 '무일' 하였더니 리더처럼 추종자(Follower)들이 많이 생겼다. 하하!

한 번 관계가 형성되니 불편한 질문도 주저 없이 한다.

그들의 질문은 대부분 "차장님이 오래 계셨던 본사 왜 그래요?"였다. 현장의 어려움을 전혀 이해하지 않고 말도 안 되는 부당한 지시만 한다는 것이다. 사실 난 동의하지 않는다. 내가 보기에는 그들은 조그마한 변화도 싫어하는 아주 전형적인 복지부동의 직장인들이다. 성실하고 열심히 하지만 조금의 업무도 더 받기 싫어하고 여태 해 왔

던 방식에서 절대 벗어나지 않으려는 경향이 너무 강했다.

하지만 직접적으로 그렇게 말을 할 수는 없었다. 단지, 본사는 이러이러한 이유 때문에 원칙대로 이렇게 업무를 하라고 강조하는 거야. 지금의 트렌드는 이렇기 때문에 우리가 좀 업무 방식을 바꿔야 돼, 라고 에둘러서 말해 주었지만, 공감을 하는 듯하다가도 그들은 "본사는 역시 자신을 귀찮게 하는 무엇"이라는 믿음을 버리지는 않았다.

귀찮게 한다. 음, 그 귀찮게 하는 게 뭘까? 그것은 바로 '변화'였다.

10 왜 자꾸 변화를 하라는 거야?

사람이 좋아하는 행동 중의 하나는 하던 일을 그대로 하는 것입니다. 그 일이 변경되거나 업무가 추가되면 본능적으로 거부감이 발동하여 소위 성격 있는 사람은 공개적으로 반발하고 성격 좋은 사람들조차도 피동적으로 그것을 합니다. 물론 그 변화를 주도하는 사람은 대다수 사람들의 복지부동을 이해하지 못합니다. 그러나 그 변화 주도자도 변화를 강요당하는 입장에 서면 그것을 즐겁게 받아들이지 못합니다. 분명한 사실입니다. 변화는 사람을 정신적, 육체적으로 힘들게 하기 때문입니다. 특히 정신적으로 스트레스를 많이 유발하지요. 고전 영화 『빠삐용』에서 최후의 탈옥 순간에 그냥 감옥에서 머무르려는 드가의 결정을 보면, 또 한때 베스트셀러였던 『누가 내 치즈를 옮겼을까』에서 상황이 바뀌었음에도 과거의 풍요에 집착해 결국 다른 곳으로 이동하지 않는 햄의 행동을 보면 더 명확히 알 수 있죠.

그럼에도 불구하고 변화만이 살길이다, 라고 여기저기에 플래카드가 붙어 있는 것은 왜일까요? 괴롭히기 위해서? 악덕 경영자들은 그런 목적으로 변화를 강요하기도 합니다. 그러나 대부분의 경우는 정말 살아남기 위해서입니다. 특히나 지금처럼 시대가 확확 바뀌는 세상에서의 변화는 필수 사항임은 두말할 필요 없습니다.

한번 주변을 둘러 보세요. 영원 불멸할 것 같은 기업, 직업들이 지금은 아예 없어지거나 쇠약해지지 않았나요? 개인의 삶도 마찬가지입니다. 쇄국정책을 하다 망한 조선처럼 옛것만 고집하는 사람은 시대의 부적응자, 불편한 삶을 사는 자가 될 것입니다.

그럼에도 사람에게 있어서 변화는 하기 싫은 것입니다. 그럴 때 이런 생각을 해 봅시다. 변화 후 개인의 자유로운 삶, 가족의 웃음, 주변에서 인정받는 나. 그럼에도 변화가 어렵다면 다시 이런 생각을 해 봅시다. 변화하지 않고 1년 후 부랑자 같은 내 생활, 사랑하는 가족이 아빠를 원망하는 소리, 한심한 듯 바라보는 주변의 눈초리, 그리고 돈이 없어 그 맛있는 짜장면도 사 먹을 수 없는 자신의 처지. 그러면 변화를 억지로라도 받아들이려는 마음이 생길 겁니다. 왜냐고요? 사람은 지금 상황에서 무엇을 얻는 것에 대한 희열보다 지금 누리고 있는 것에 대한 상실을 훨씬 더 두려워하는 속성이 있기 때문이죠.

언제나 새해 다짐을 못 지키는 이유가 뭔지 아세요? 오래된 습관 때문인데 이 습관은 절박함만이 바꿀 수 있습니다. 변화도 마찬가지 아닐까요?

그런데 우리 같은 범인들이 변화를 적극적으로 받아들이는 것은 사실 정말 힘들다. 변화하려면 일단 다른 가치, 사상, 믿음 따위를 받아들여야 하는데 그게 어디 쉬운가? 자신을 부정하는 일인데.

과거 "태양이 아니라 지구가 돈다"는 혁신적 주장에 대해서 지금은 누구나 인정하지만 당시의 식자들은 그것을 받아들이지 않으려고 갖은 떼를 다 썼다는 이야기가 생각난다.

그 당시 지식인들은 코페르니쿠스가 수학적으로 지구가 자전함을 증명하고, 이후 그것의 결정적 증거를 제시한 갈릴레이의 새롭지만 확실한 이 주장을 단지 1,800여 년 동안 유럽을 사상적으로 지배한 아리스토텔레스의 『천체에 대하여』라는 책자의 논리에 반하고 또한 종교적 권위를 훼손했다는 이유로 사람을 죽이는 행위까지 스스럼없이 하면서 진실을 잔혹하게 거부했다고 한다.

"새로운 것을 받아들이기가 힘들다"는 이 사실을 잘 표현한 글이 떠오른다.

〈인간사회는 대부분 새로운 사상을 반대해 왔다, 왜 반대했는가? 사람의 두뇌는 게으르다. 사람들은 부담 없는 사상을 따른다. 일반인의 정신세계는 상식적인 믿음으로 구성된다. 그들은 이 믿음에 끈질기게 매달린다. 그리하여 기존의 친숙한 정신세계를 뒤집어엎는 그 어떤 것에 대해서도 그들은 본능적으로 적대적이다. 새로운 사상은 그들의 정신세계를 재구축해야 할 필요를 제기한다. 헌데 이 과정은 번잡한 것이다. 그들은 고통스럽게 자신의 두뇌를 소모해야 한다. 그들은 기존의 신념과 제도에 의문을 던지는 새로운 사상을 사악한 것으로 간주한다. 왜냐하면 받아들이기 힘들기 때문이다.〉

— 존 베리 『사상의 자유와 역사』에서

기존의 잘못된 믿음? 어떤 것이 있을까? 어떤 믿음이 나를 옭아매고 있나? 사실 생각해 보면 '믿을 수 있는 것은 있을까?'라는 이 질문은 곧 '진리는 있는가'라는 매우 근본적인 것에 대한 의문이다. 지금 철석같이 믿고 있는 사실, 법칙은 단지 내가 지금 살고 있는 공간, 시대에 한정해서만 진실이 아닐까?

그것에 대한 예로서 좀 우습지만 몇 년 전만 해도 보통 사람들에게 아파트, 그것도 대형 평수의 아파트가 부 증대의 수단으로 여겼는데 지금은 어떠한가? 애물단지 아닌가? 불과 얼마 전에만 해도 결혼 전 임신을 가문의 망신으로 믿었었는데 지금은 혼수 필수품이라고도 하지 않는가? 재취도 마찬가지이고.

혼란스럽다. 그러고 보면 인간은 주어진 환경에 따라 믿음, 신념이 막 바뀌는 것 같다.

이데올로기 - 시대의 사상적 감옥이다. 묵자의 '소염론'이 생각난다.

〈묵자가 실이 물드는 것을 탄식하며 말했다. 파란 물감에 물들이면 파랗게 되고 노란 물감에 물들이면 노랗게 된다. 넣는 물감이 변하면 그 색도 변한다. 다섯 가지 물감을 넣으면 다섯 가지 색깔이 된다. 그러므로 물드는 것은 주의하지 않으면 안 된다. 비단 실만 물드는 것이 아니라 나라도 물든다.〉

그러니 처음 어떠한 환경에서 무슨 교육을 받고 성장했느냐가 정말 중요한 것 같다. 그러고 보면 나는 처음부터 본사에서 근무했고, 저들은 대부분 현장에서 잔뼈가 굵은 분들이니 사고의 차이는 당연한 것이다. 또한 본사는 정책 집단이고 현장은 시행 조직이니 조직

존립 속성상 마찰, 갈등이 없을 수 없다. 없으면 이상한 것이지. 나도 이제 현장에서 일하게 되었으니 시건방지게 그들이 변화 안 한다고 답답해하지 말고 나부터 더 철저하게 변화해야겠다.

단, 주의할 것이 있다. 논어에 있듯이 '그릇'이 되지는 말아야겠다. 여기서 그릇이란 그 분야의 전문가를 의미하는 상징어이다. 처음에 이 문구를 접했을 때 "뭐래?" 그랬는데(특히나 지금같이 전문직종을 중요시 여기는 시대에) 찬찬히 그 뜻을 새겨 보니 '옳거니' 싶었다. 그릇은 군자가 아니라는 뜻이다. 예부터 군자는, 리더는, 통치자는 한 분야에 정통한 사람이 아니라 두루두루 아는 사람이었다. 그릇은 단지 한 가지 용도로만 쓸 뿐이다. 물론 절대 전문가를 폄하하는 말이 아니다.

낮아져야 할 때

나비로 변신하려면, 일단 번데기가 되어야 한다.
유충이 나비로 변신하기 전에는, 번데기가 되어 죽은 척 하는 법이다.
이처럼 인간들도 흐름을 바꾸고 싶을 때에는
이전의 자신을 죽이고, 죽는 시늉을 하는 것이 좋다.

-후지하라 가즈히로 '인생의 흐름을 바꾼다' 중에서

#제3장

현장 동료들과의 대화 1

　본사는 권력 다툼이 있는 곳이라서 그런지 생존을 위해 부서도, 개개인들도 모두 다 영악하게 행동한다. 반면, 지점 사람들은 다소 순진한 맛이 있다. 물론 여기 조직도 여러 사람들의 집합체라 우직하게 행동하는 사람과 약삭빠르게 처신하는 사람들로 구분된다. 우직하게 행동하는 사람은 현장 직원들이었고, 약삭빠르게 처신하는 사람들은 역시 사무직이었다.

　'우직'은 좋은 뜻, '약삭빠르게'는 나쁜 의미가 아니다. 우직하든 약삭빠르든 사람은 모두 자기 이익을 위해 나름대로 머리를 굴리기 때문에 그것을 좋고 나쁨으로 판단하면 안 된다. 하지만 여기 현장에서는 우직한 사람들이 더 많아서인지 약삭빠른 사무직이 자칫하면 '따'당하는 경우가 많다.

　'휴! 그래도 나는 왕따는 되지 않아서 다행이다' 생각하고 있는데 갑자기 씩씩거리며 누가 나한테 오는 것이 아닌가. '잘남'이었는데 그는 여기에서 약삭빠른 부류에 속해있는 친구다. 그가 화난 이유는 현장 직원 '질투'가 자신의 요구사항을 의도적으로 하지 않는다는 것이었다. 가만히 들어보니 그의 주장은 틀리지 않았다. 그냥 안타까웠다. 나는 왜 '질투'가 또 다른 이유를 대면서 '잘남'의 요청을 묵살하는지 잘 알아서였다. 그걸 아는지 모르는지 분해하는 그의 모습을 보면서 본사에 있을 때 나의 모습을 보는 것도 같았다.

11 사람들이 나를 미워하는 것 같아. 잘못한 것도 없는데……

〈동료들이 내 의견에 대해 이상한 논리로 반대합니다. 잘 협조를 안 해 줍니다. 내가 꼭 참석해야 할 미팅 같은데 초대를 받지 못했습니다. 불가항력적인 상황이 벌어졌을 때 모두 내 탓으로 돌립니다. 내가 곤란한 상황에 빠졌을 때 나를 변론해 주는 사람이 거의 없습니다. 주위 사람들이 나와의 대화 혹은 논쟁을 피하는 것 같습니다. 등등.〉

왜 이런 일이 왜 발생할까요? 아무리 생각해도 자신은 잘못한 것이 없는데 말입니다. 그렇다면 주위 사람들에 비해 본인이 너무 잘나서 혹은 잘난 척해서 그런 게 아닌지 생각해 봅시다. 질투가 아니고서는 상대방에게 아무런 피해도 주지 않았는데 내가 이렇게 푸대접을 받을 리는 없습니다. 질투란 질투에 사로잡혀 있는 자의 마음을 조정하고 잡아 먹는 붉은 눈의 괴물이어서 정상적인 사람을 비정상적으로 만들어 버리기 때문이죠.

그렇다면 주변 사람들의 질투에서 벗어나려면요?

가끔 멍청한 척해 보십시오. 모든 사람들이 알고 있는 내용을

"어, 그래? 난 몰랐는데."라고 하던가, 모든 사람들이 다 할 줄 아는 장비 조작과 관련하여 "이거 어떻게 하는 거야?"라고 물어 보십시오. 실수도 하시고요. 그러면 주변의 적군이 적어도 반은 줄 겁니다.

특히나 원래부터 너무 잘난 사람들은 이 말을 명심해야 할 것입니다. 사람들은 완벽한 사람을 좋아하지 않는 서글픈 사실 때문이죠. 오히려 부담스러워 하고 열등감에 그를 어떻게 해서든지 해코지하려고 합니다.

또한, 잘난 척하려는 사람도 이 말에 귀 기울여 들어야 할 것입니다. 자칫하면 자신이 감당할 수 없는 엄청난 부담감 혹은 주변 사람들이 파 놓은 함정에 빠져 파멸의 길로 들어설 수 있답니다.

> 모든 일에 여분을 남겨 못 다한 뜻을 둔다면 하늘도 나를 시기하지 않으며, 귀신도 나를 해하지 않는다.
> 모든 일에서 완전한 만족을 구하고, 공로 또한 완전하길 바란다면
> 안으로부터 변란이 일어나거나
> 아니면 반드시 바깥으로부터 근심을 부르게 된다. - 채근담

사실 그는 우리 조직에서 핵심적인 업무를 수행하고 있고, 내가 보기에도 나름 성과도 냈다. 즉, 성과를 중요시 여기는 조직에서는 칭찬받을 만한 인재이긴 했다. 그런데 문제는 그는 자기 자랑이 너무 심했다. 어떤 대화에서도 대화의 결론은 자신의 잘남을 과시하는 것으로 마무리하는 묘한 재주가 있었다.

12 자랑하고 싶은데……

매우 좋은 일이 생겼습니다. 특진, 자녀의 명문대 입학, 경쟁에서의 승리, 사랑하는 사람과의 만남, 사업의 성공, 처음 자기 집 장만, 누구나 부러워할 만한 해외 여행 등등 살다 보면 이렇게 좋은 일들이 생기기도 합니다. 하늘이 내린 선물이지요. 고민이 많은 세상살이에 누구에게 자랑하고 싶은 일이 생긴다는 것은 정말 하늘이 준 큰 복이라고 생각합니다. 마음껏 자랑을 해야겠습니다. 주변 누구의 시선도 의식하지 않고 말이에요.

그런데 이런 생각을 해 보시죠. 나는 직장 동료 혹은 친구의 자랑을 들을 때 정말로 같이 기뻐해 주시나요? 특히나 내가 진심으로 원했던 일들이 잘되지 않아 기분이 우울해 있을 때 누군가가 내 맘도 모르면서 자신의 자랑을 철없이 신나게 한다면 어떤 마음이 드시나요? 이성적 혹은 표면적으로는 축하할 것입니다. 그러나 속으로는 그렇지 않을 겁니다. 어쩌면 대놓고 "내 기분도 모르면서 왜 이렇게 자랑질이야." 하고 불쾌함을 표현할지도 모릅니다. 함부로 자랑하면 안 되겠지요?

그렇다고 마음속으로만 좋아할 필요는 없습니다. 그것도 병이 되지요. 그러면 자랑하고 싶을 때 어떻게 해야 할까요? 절제된 표현이 필요합니다. 운이 좋았다는 겸손함이 요구됩니다. 우리나라 속담에 "사촌이 땅을 사면 배가 아프다."는 말이 있습니다. 명심해야 할 격언이지요.

아직도 그는 화가 풀리지 않은 것 같았다. 난 '잘남'에게 '겸손의 미덕'에 대한 충고를 해 주고 싶었지만 직접적으로 얘기하기에는 좀 그랬다. 갑자기 그리스로마 신화의 자랑하다 생긴 비극 '니오베 이야기'가 생각났다. '잘남'이 듣기 싫어하지 않게 난 화제를 돌려 그 얘기를 들려 주었다.

[13] 자랑하다가 생긴 비극 – 니오베 이야기

인간의 지나친 자랑은 신도 참지 못하는 것 같습니다. 여기 자랑하다가 신의 노여움을 받아 비극의 대열에 이름을 올린 니오베의 일화를 소개합니다.

니오베는 그 슬하에 일곱 명의 아들과 일곱 명의 딸을 두었는데 자신의 자녀를 무척이나 자랑스럽게 생각했다고 하네요. 그런데 그 자랑이 너무 넘쳐 헤라 여신의 방해로 어렵게 어렵게 아들 한 명(아폴론), 딸 한 명(아르테미스)을 낳은 제우스의 또 다른 아내 레토 여신도 자신보다 못하다며 스스로 뽐냈다고 합니다.

그녀의 허풍에 빈정이 상한 레토 여신은 자신의 아들과 딸을 시켜 그녀의 자녀 열네 명 모두를 죽여 그녀가 돌이 되어서도 후회의 눈물을 흘리게끔 만들었다고 합니다. 자랑의 대가가 너무 잔혹하지요.

그가 이 이야기의 의미를 알아들었는지 아닌지는 난 잘 모르겠다.

아무튼 그는 좀 화가 풀려서 자기 자리로 돌아갔다.

　나는 밖으로 나가 '질투'를 찾아갔다. '질투'는 그래도 전문대 출신이나 시기를 잘못 만나 사무직이 아닌 현장직으로 입사해서 사무직에 대한 피해의식이 많은 직원이었다.

　'잘남'이 주변 사람들에게 주목을 받으면서 일하는 반면에 동년배인 '질투'는 늘 하던 일 즉, 해도 별로 티가 나지 않는 일을 해서 그런지 '잘남'에게는 더더욱 심술궂게 하는 것 같았다.

　중국의 전국시대에 겸애와 평화주의자인 묵자도 전쟁을 막아준 자신의 공을 알지 못하는 그 나라 백성에게 핍박을 당하고 다음과 같은 말을 했다고 하니 '질투'의 심술이 다소 이해는 간다.

　《(전국시대에 묵자가 초나라가 송나라를 공격하겠다는 결정을 온몸으로 방어하여 철회시킨 후) 묵자가 송나라를 지날 때 비가 내려서 마을 여각에서 비를 피하려고 했다. 그러나 문지기가 그를 들이지 않았다. 조용히 일을 처리하는 사람의 공로는 알아주지 않고 드러내놓고 싸우는 사람은 알아준다.
　미리 아궁이를 고치고 굴뚝을 세워 화재를 예방한 사람의 공로는 알아주지 않고, 수염을 그을리고 옷섶을 태우면서 요란하게 불을 끈 사람을 그 공을 칭찬하는 것이 세상의 인심입니다.》

　실제로 그렇다. 지금처럼 보이는 것에 가치를 두는 세상에선 보이지 않는 공로에 대해서는 무시하기 십상이다. 그러면 설움을 당하는 당사자는 성인군자가 아닌 바에야 삐뚤어질 수밖에 없지 않은가.

어쨌든 나는 다행히도 질투의 시험(?)을 잘 통과해서인지 그의 심술은 나를 비껴갔다. 그가 저기 보였다.

"왜 그랬어?" 물어보니 "재수없잖아요."라는 답변이 돌아왔다. 난 웃으며 "넌 왜 재를 싫어하지?"라는 선문답을 던졌다.

14 나는 왜 저 친구가 싫을까?

누구나 다 그를 좋아합니다. 그는 능력, 외모, 언변이 좋았고 거기에다가 겸손하기까지 합니다. 도저히 좋아하지 않을 수 없는 사람인데 나는 이상하게 그 친구가 싫고 그가 하는 일들이 잘 안 되기를 바랍니다. 도대체 왜 이럴까요?

질투심의 발로 때문이 아닐까요? 질투는 다른 사람이 잘되거나 좋은 처지에 있는 것 따위를 공연히 미워하고 깎아 내리려 하는 묘한 감정입니다. 백설공주의 새엄마를 보세요. 외모에 대한 질투 때문에 백설공주를 끝끝내 죽이려고 하잖아요. 질투란 그렇게 '무서운 것'입니다.

무서운 것? 무엇이 무서운 것일까요? 상대방에게 해를 가하려 하는 그 마음 자체가 무서운 것이지요. 하지만 더 무서운 것은 질투로 인해 자아를 잃고 악하게 변해가는 자신을 보며 겪는 내적 갈등이 바로 그것입니다.

복수가 자기 파괴를 요구하듯이 질투 역시 보통 사람들의 선량한 마음의 포기를 강요합니다. 생각해 보세요. 좋은 친구를 나쁜 사람으로 모함하고 또 실제로 파멸시키기 위해 내 속에 있는 사악한 마음들을 불러내면서 겪었던 심리적 갈등을 말이에요. 정말 괴롭지 않던가요?

그럼에도 불구하고, 심한 질투심은 '나는 잘못하고 있는 게 아니야. 얘는 혼나야 돼.'라는 당위성을 자기 최면을 걸어 확보하여 내면의 선과 악의 대립으로 발생하는 심리적 갈등을 최소화시킨다고 합니다. 하지만 갈등이 최소화되었다고 해서 괴로움이 없는 것은 아닙니다. '나는 사실 잘못하고 있는 거야.'라는 본래 선한 마음이 계속 양심을 찌르죠. 보통 사람들에게는 이 찔림은 굉장히 아프고 오래가서 자칫하면 그 죄책감에 영혼이 파괴되기도 합니다.

질투는 열등감을 동반한 피해의식 때문에 생기는 것입니다. 열등감을 없애는 방법은 사실 정말 간단하죠. 그냥 '그 사람은 잘난 사람이지.'라고 인정하면 됩니다. 인정하기가 어렵다고요? 쉽지는 않습니다. 피나는 연습 후에 얻어지는 능력이긴 합니다. 그런데 어쩔 건가요. 이 세상에 잘난 사람들이 굉장히 많습니다. 그 모두를 질투한다면……. 세상에, 끔찍합니다. 지옥이 따로 없죠.

'내 모자람'을 받아들이려는 노력을 계속하세요. 그러면 '남의 잘남'을 질투심 없이 인정하게 되죠. 그 경지에 도달하면 마음이 평안할 뿐만 아니라 내 모자람이 점점 채워진답니다.

'질투'는 학벌에 대한 콤플렉스도 있는 것 같았다. 그래서 사이버 대학에 다니면서 대학교 졸업장을 획득하려고 부단히 노력을 한다. 열심히 사는 모습이 보기는 좋았다. 그런데 지금의 직장보다는 학교를 더 중요시 여기는 행동, 예를 들면 당장 급한 업무를 해야 하는데 학교 가야 한다고 우기는 그의 대책 없는 고집은 나로 하여금 답답함을 자아낸다. 대학교 나와도 별 거 없는데…….

하지만 그건 내 생각일 뿐이다. 그에게는 대학교 졸업장은 그의 현재 위치를 확 바꾸는 유일한 무기라고 믿고 있을 테니까. 내가 명문대 출신을 부러워하는 것과 똑같은 심정일 것이다. 하지만 내가 좀 살아 보니 학벌이 특히 회사 생활에서 성공을 결정하는 핵심 팩트가 아님을 확신한다.

15 학벌이 미천하다고요?

학벌에 대한 맹신은 예나 지금이나 똑같습니다. 사실 공부를 잘했다 함은 머리가 좋음을 증명하는 동시에 자신이 처한 상황에서 최선을 다하는 성실함도 갖고 있음을 의미하는 거죠. 따라서 그들에게 회사 생활 처음 시작 때부터 대우를 달리하는 것은 잘못된 일이 아닙니다. 실제로도 명문 대학을 나온 사람들이 어떤 분야에서든 핵심적인 역할을 하고 있음은 분명합니다.

중요한 것은 학벌이 인생의 모든 싸움에서 승패를 좌지우지하지 않는다는 점입니다. 학벌이 좋다 함은 학창 시절의 싸움에서 승리했다는 것이지 그 후의 벌어질 인생의 여러 싸움에서도 항상

이긴다는 의미가 절대 아니기 때문이죠. 하지만 그가 이길 수 있는 가능성이 많지 않느냐고요? 그건 맞습니다. 그러나 싸움에는 전략, 전술, 판단력, 심지어 운수 등 수많은 요소가 복합적으로 작동되어 최종적으로 승자와 패자를 나눕니다. 그 이유로 의외의 결과가 심심치 않게 벌어졌죠. 다윗이 골리앗을 이겼고, 상고 출신의 후보자가 서울대 출신의 후보를 이기고 대통령이 되었으며, 객관적으로 전력이 약한 우리나라가 월드컵 4강에도 진출한 사례를 우리는 잘 알고 있잖아요.

혹시 미천한 학벌 출신입니까? 그것 때문에 주눅들지 마세요. 말씀 드렸듯이 학벌은 학생 시절에서의 싸움의 결과일 뿐입니다. 그때 패배했다고 하더라도 현재의 다른 싸움에서는 승리할 수 있죠. 이길 수도 있는 싸움에서 지레 겁을 먹고 해 보지도 않고 포기하는 누를 범하지 마세요.

혹시 명문대 출신입니까? 그것만 믿고 세상을 만만하게 보지 마십시오. 앞으로의 승부에서는 목숨 걸고 노력하는 이에게 당신은 판판히 깨질 수 있습니다.

물론 지금 이 상황에서 질투에게 '학교가 중요한 것이 아니야.'라는 내 생각을 말할 수는 없었다.

〈충고도 충고 나름으로 마음의 여유가 있을 때나 받아들일 수 있지 마음의 고통을 참을 수 없는 사람에겐 듣기 거북한 말에 불과하지요. 도무지 충고라는 말은 달고 쓴 양면이 있어서 아무렇게나 쓸 수 있지만 어디까지나 말일 뿐이죠. 요컨대 위로의 말만 듣고 멍든 가슴이 아물었다는 얘기는 일쩍이 들어본 적이 없습니다.〉

'맞는 말이지.' 하며 내가 잠시 정신을 놓는 사이에 질투는 뜬금없이 나한테 묻는다.

"차장님. 본사에 계신 ○○분 아시죠?"

"알지."

"그분 어때요?"

"좋은 분이지. 성격이 원만하시잖아."

"그죠. 저도 그분이 참 좋아요. 그리고 부러워요. 모든 사람들이 다 좋아하잖아요. 저도 그런 성격이었으면 좋겠어요."

"맞아."라고 했지만 난 동의하지 않았다. 인자한 성격의 소유자이시긴 한데 업무 파트너로서는 아휴……. 나는 정말 같이 일을 하고 싶지는 않다. 적이 생기지 않도록 원만하게 인간관계를 갖기는 하는데 정작 추진해야 할 업무가 진행이 잘 안 되니……. 아니다. 내가 악바리일 수도 있지. 하지만 공자는 이렇게 말했다.

〈만인으로부터 호감을 얻는 사람, 만인으로부터 미움을 받은 사람. 둘 다 좋은 사람은 아니다.〉

아마도 만인이 좋아하거나 만인이 싫어하는 사람은 거의 100% 위선과 위악이 가득한 사람이니까 그렇게 말씀하셨을 거다. 나는 만인이 다 싫어하는 사람은 아니니 이 글이 좀 위로가 되는군.

계속 질투는 나에게 묻는다.

"차장님. ㅇㅇ는 뒷배경이 아주 좋나 봐요."

"무슨 말……?"

"어떻게 바로 신입사원이 인사 팀으로 발령이 바로 나요? 우리 회사는 다 현장 먼저 근무하잖아요. 학벌도 별로던데……."

"하하, 별걸 다 아네. 난 잘 몰라."라고 했지만 사실 그랬다. 그 친구는 그룹사 중역의 딸로 낙하산처럼 입사했다는 얘기를 전해 들었다. 그래서 인사팀장도 특별 대우(?)를 한다는 소문이 알음알음 퍼졌었다.

16 출발선이 다르다

세간에 "천금을 가진 부잣집 자식이 길거리에서 죽는 법은 없다."라고 하는데 빈말이 아니다. 무릇 보통 사람들은 자기보다 열 배 부자에 대해서는 헐뜯고 백 배가 되면 두려워하고 천 배가 되면 그 사람의 일을 해 주고 만 배가 되면 그의 노예가 된다. 이것이 사물의 이치다."

사마천의 말입니다. 특히 첫 번째 문구. 인정하기 싫지만 부, 권력에 따라 사람에 대한 차별 대우가 있음을 받아들여야 할 것 같습니다. 또한, 출발선이 앞쪽에 있는 사람들은 인간의 본성상 특별 대우를 받고 싶어하고 그것을 자식에게 물려주고 싶어함도 인지상정인 것 같습니다. 다 그렇지는 않지만 많은 사람들이 그러합니다.

적개심이 솟구쳐 오릅니까? 당연합니다. 그러나 패배주의라고 생각하지 말고 넓은 마음으로 출발선의 다름이라는 불평등을 받아들여 보세요. 그러면 정확하게 사태를 판단할 수 있는 분별력이 생기고 그 후에야 그 차이를 극복하기 위한 여러 가지 방법을 모색하고 도출된 대안을 적극적으로 실천하게 되죠.

주변을 보세요. 출발선이 뒤에 있다고 해서 항상 지는 것은 아니잖아요. 단지 노력을 더 해야 하는 피곤함이 있지만 사실 그 피곤함 때문에 성공을 하면 더 기쁜 것 아닐까요? 또 다행히도 우리 사회는 기회의 평등도 보장하고 있잖아요. 개인의 노력과 정말 알 수 없는 운의 작용으로 출발선의 차이를 뒤따라 잡을 수 있답니다. 이게 인생의 묘미죠.

셰익스피어도 책에서 말하고 있습니다.

"잘난 것을 개의치 마오. 사람은 타고날 때 잘날 수도 있고, 힘써 얻어 잘나가는 사람도 있고, 또한 남이 시켜주어 억지로 잘나가는 사람도 있는 게라오."

하지만 우리 같은 범인은 그 불공평을 긍정적으로 받아들이기가 정말 힘들다. 인터넷에서 떠도는 세태를 꼬집는 아래와 같은 풍자 글은 그래서 인기가 있는 것 아닐까.

〈보통 사람들의 싸움질〉

대화가 진행된다.

목소리가 커진다.

상대편 성량은 기차 화통 같아진다.

인상이 찌그러졌다.

반대편에 있는 사람은 눈알에 힘을 주며 허공에다 주먹을 휘두르는 제스처를 한다.

쳐보라고 한다.

내가 돈만 많았으면 넌 병원행이라고 내뱉는다.

서로 욕한다.

누구 하나가 멱살을 잡는다.

상대방도 지지 않는다.

어떤 이는 말리고 또 다른 이는 싸움을 부추긴다.

분위기는 완전히 개판이다.

하지만 누구 하나 쉽게 주먹을 날리지 못한다. 왜일까?(깽값이 없어서……)

〈성격 더러운 상사와 소심한 팀원 간의 싸움질〉

대화가 진행된다.

목소리가 커진다.

서 있는 사람의 얼굴에 당황하는 빛이 역력해진다.

앉아 있는 사람은 성량은 점점 커진다.

떨리는 목소리로 다소 더듬거리며 상황을 설명하려고 한다.

갑작스럽게 책상을 치는 소리가 들리더니 핸드폰도 내던져 부서지는 소리가 난다.

듣기 민망한 욕설도 난무한다.

같은 팀 사람들은 숨을 죽이며 고개를 숙여 버린다.

다른 팀 사람들은 왜 저러느냐며 상황을 예의 주시한다.

지나가던 임원은 모른 척하며 만족한 듯한 미소를 입가에 짓는다.

서 있는 사람은 아무 말도 못하고 얼굴에 참을 '인' 자가 새겨진다.

앉아 있는 사람이 성을 내다가 "가버려!"라며 소리친다서 있는 사람은 "죄송합니다"를 반복한다.

침묵의 시간이 잠깐 흘렀다.

까칠한 목소리로 용서와 경고의 메시지가 들렸다.

서 있는 사람은 사랑하는 아내, 자녀를 생각하며 서글픈 안도의 한숨을 짓는다.

〈성격 더러운 상사와 정말 백 있는 신입 직원 간의 싸움질〉

대화가 진행된다.

목소리가 커진다.

앉아 있는 사람의 얼굴에 당황하는 빛이 역력해진다.

서 있는 사람은 억울하고 그럴 수가 있느냐는 듯한 말투로 따진다.

듣고 있는 사람은 "그 의도가 아니다"라는 변명의 말을 반복한다.

서 있는 사람은 주머니에 손을 넣으면서 항의를 계속한다.

한숨을 쉬며 "알았다"고 한다.

이제는 한쪽 다리도 떨면서 자기 주장을 계속 설파한다.

같은 팀 사람들은 성격 더러운 상사의 그런 모습에 놀란다.

다른 팀 사람들은 더 아연실색한다.

높은 의자에 앉아 있던 임원은 갑자기 뛰어나와 아는 척하며 상황을 마무리한다.

침묵의 시간이 잠깐 흘렀다.

앉아 있던 사람이 일어서서 일하기 위해 앉아 있는 사람에게 다가가 화해를 청한다.

다소 화가 덜 풀린 묘한 목소리로 "네"라는 답이 컴퓨터에서 메아리가 되어 들려온다.

그 순간 서 있는 사람은 사랑하는 아내, 자녀를 생각하며 어줍잖은 웃음을 상대방에게 건넨다.

'잘남'을 시기하고, 학벌에 대한 콤플렉스가 있으며, 출발선에서 뒤처져 피해의식까지 있는 '질투'를 어떻게 해야 할까? 어쩌면 칭찬이 부족해서 그런 것이 아닐까? 칭찬은 고래도 춤추게 한다고 했는데…….

하기야 나도 그렇지 않은가? 특히 상급자로부터 칭찬을 받으면, 아니 단순히 "수고했어" 한 마디만 들어도 힘이 나고 또 그 소리를 듣고 싶어서 더 열심히 하게 되니 말이다. 물이 부족해 시들어 있던 화초에 수분을 공급하면 다시 꽃망울이 고개를 들듯이 적절한 인정은 그의 약간은 까다로운 성격을 정제해 주는 데 효과가 있을 것이 분명하다.

그런데 역으로 이런 문제는 있다.

🕊 인정받고 싶어요

어느 신문에 기고한 혜민 스님의 글입니다.

"남들로부터 인정받고 싶다는 욕망, 관심받고 싶다는 욕구는 자기 스스로를 종종 초라하고 불안하게 만든다. 내가 얼마나 가치 있는 사람인지를 나 스스로 정하는 것이 아니고 다른 사람이 결정하도록 그 권리를 양도해버리는 셈이 되니 그 다른 사람의 말 한마디에 천국도 갔다가 지옥도 갔다가 하는 것이다."

"인정 욕구가 지나치게 발동하면 내 안의 무언가를 잃게 된다. 맞지 않는 옷을 입고 있는 것 같은 불편함을 느끼게 된다."

착한 여자 콤플렉스라는 것이 있습니다. 주위의 시선을 과도하게 의식하면서 남들이 나를 착한 여자로 봐 주길 바라고 그런 방향의 목표를 이루기 위해 모든 행동양식을 결정하면서 살아가는 이들이 겪는 심리적 어려움이죠. 과도한 인정 욕구는 착한 여자 콤플렉스와 동일한 내적 문제를 야기시키는 것 같습니다. 이 부작용에 대해 누군가가 공자를 빗대어 이런 말을 했다고 합니다.

"공자는 자기의 이름을 세상에 알리려고 합니다.(인정 욕구) 명성은 족쇄와 수갑이지요. 공자는 하늘이 내린 벌을 받고 있는 중입니다."

무서운 말입니다. 인정 욕구가 하늘이 내린 천벌이라는 말이라는 것 아닙니까? 혹시 우리도 자발적으로 천벌을 받기 위해 노력하고 있지는 않는지 뒤를 살펴 보아야겠습니다.

사실 윗사람에게 인정받으려고 지나치게 아등바등하는 것은 문제다. 본인은 물론 주변 사람들도 피곤해지기 때문이다. 그러나 그렇다고 인정 욕구를 위에서 얘기한 것처럼 나를 구속하는 귀찮은 것으로 치부해도 곤란하다. 인정받지 못하면 삶이 힘들어 지기 때문이다. 헷갈린다. 하하.

자기자신을 위해 살아라
타인의 비위를 맞추어 주기 위해 자신의 내면이 아닌, 바깥을 내다본다면 그것은 자신의 인생계획을 상실한 것이다.

-에픽테토스

#제4장

💡 기사들과의 대화 1

　나는 택배사업에 종사한다. 택배사업은 개개인들에게 소중한 선물
을 전달하면서 이익을 창출하는 공적인 의미를 지니고 있는 민간 사
업이다. 우리 회사에서는 하루에 수십만 명 이상에게 선물을 가져다
주는데 지금 내가 속한 이 조직은 경기도 일부 지역을 담당하여 1일
수만 명의 고객을 매일 만난다.

　사실 직접적으로 선물을 배송하는 일은 영업소, 좀 더 정확히 말
하면 영업소에 소속된 기사 몫이다. 사업본부장이 나를 현장으로 보
낸 표면적 의도는 바로 이 영업소와 기사들을 관리하는 기술을 직접
적으로 그들과 부딪치며 배우라는 거였다. 그래서 나는 우리 조직의
직원들과 동화하기 위해 노력한 것처럼 그들과 같이 호흡하기 위해
매일 아침마다 상품 분류하는 야드에 나가서 현장에서 소위 말하는
'까대기(상품분류)'도 하면서 이런저런 대화를 나누려고 했다.

　하지만 그들 역시 쉽게 마음을 열지 않았다. 처음에는 나를 소 닭
보듯이 했다. 그중에서 '불평'이라는 젊은 기사는 나에게 노골적인 적
대감을 나타내기도 했다. 왜 왔다 갔다 하느냐는 거다. 감시당하는
것 같아 기분이 나쁘다고도 했다.

삼고초려라고 했던가! 석 달 정도 계속 아침마다 그들과 눈을 맞추다 보니 나를 적대시했던 기사 '불평'이도 이제 인사를 받아 준다. 어떤 기사는 커피도 권한다. 역시 사람들의 마음을 얻기 위해서는 그들과 나는 같은 편임을 인식시키고 그들의 이야기에 맞장구치면서 호응해 주는 것이 최선의 방법인 것 같다.

하지만 내 입장에서는 '불평'이의 불평 중 정말 듣기 싫은 말이 있었다. '회사가 우리에게 무엇을 해 줬느냐'는 말이다. 수수료도 너무 적고 클레임을 모두 우리에게 전가시키며 심지어 이상한 규정을 만들어 벌과금까지 내게 하니 해도 해도 너무한다는 얘기다. 그 불평불만은 마치 우리 직원들이 본사를 '적'으로 간주하고 내뿜었던 독설보다 더하면 더했지 모자라지는 않았다.

안타까웠다. 나는 '불평'의 질타에 대해 일부는 인정하였으나 당신도 고쳐야 할 부분도 있음을 주장했다. 하지만 그 역시 우리 직영 직원들과 마찬가지로 공감하는 듯하면서도 역시 회사에 대한 피해의식을 떨쳐내지는 못함은 확실했다.

18 우리 회사 문제가 정말 많죠

일부 사람들은 "우리 회사는 이게 문제고, 우리 학교는 이래서 안 되고, 우리 모임은 이게 잘못되었다."라는 비판적인 말을 주변인들에게 스스럼없이 합니다. 그것도 자주. 들어보면 정말 그런 것 같습니다. 하지만 동시에 안타까움을 느낍니다. 저렇게 불만이 많은데 왜 그 조직에서 떠나지 않고 자기 얼굴에 침을 뱉는 언행을 계속 할까? 라는 의문을 떠올리면서 말입니다.

혹자는 이 의문에 대해 이렇게 얘기할 것 같습니다. "절이 싫으면 중이 떠나는 게 맞아. 하지만 그것은 현실적으로 쉬운 일은 아니야. 그건 너도 알잖아. 그러니 불평불만이라도 해야 살지."라고 말입니다. 100% 동의합니다. 하지만 "그러니 불평불만이라도 해야 살지"에는 동의할 수 없습니다. 반대로 "그러니 여기의 장점을 보고 열심히 해야지. 그렇게 하다 보면, 더 나은 곳으로 영전할 수도 있는 좋은 기회를 잡겠지."라고 해야 하지 않겠습니까?

논리적으로 말해 보겠습니다. 어느 회사에 당신이 소속되어 있다고 하면 당신은 그 회사의 울타리 속에서 보호받고 있고 또 소중한 가정을 꾸려나갈 수 있는 봉급도 받습니다. 물론 자유롭게 사직할 수도 있습니다. 다시 정리하면, 당신은 본인 의사로(능력이 되지 않아 못 떠나는 것 포함) 회사가 주는 유익을 향유하기 위해 그 조직에 남아 있는 겁니다. 그런데 왜 불평불만을 합니까? 말씀드렸듯이 그 회사가 주는 이익에 고마워하면서 회사의 발전을 위해 노력해야 하지 않겠습니까? 적어도 있는 동안은 말입니다.

갑자기 소크라테스의 죽음이 생각납니다. 그는 탈옥을 권하는 친구에게 "국가가 부당하게 나를 대했다고 나도 같이 부당하게 대응하면 덕이 아니다. 자유롭게 떠날 수 있음에도 나는 내 의지로 여기 아테네를 선택했다. 악법도 법이다."라는 유명한 말을 남기고 형장의 이슬로 사라졌습니다.

'불평'이는 또 자신이 얼마나 힘든 일을 하는지 하소연한다. 나도 그 점은 상당 부분 동의한다. 무게도 상당한 상품을 하루에 150박스 넘게 배송하려면 육체적으로 매우 힘들다. 게다가 재수없게 돼먹지 못한 고객이 걸려 그의 부당한 요구를 받아 주려면 자존심 역시 너무 상한다. 그러면서 대우도 못 받는다. 고맙다는 말을 들어야 하는 직업인데 실제는 경시를 당하기 십상이다. 최근 TV에 절찬리에 상영되었던 드라마에서도 택배 일이 얼마나 고되고 멸시를 받는지 주인공을 통해서 잘 표현되었다.

"이보다 힘든 일은 없을 거예요. 어떻게 하다 이 일을 하게 되었는지……. 빨리 여기서 벗어나야 할 텐데 사실 그게 쉽지 않아요. 답답합니다."

19 나만 힘든 것 같아요

살다 보면 벗어나지 못할 것 같은 미궁에 빠져 헤맬 때가 있습니다. 이리 보고 저리 봐도 길이 보이지 않을 때가 있죠. 이럴 때 어떻게 해야 할까요? 자기보다 더 힘든 경우를 겪고도 마침내 성공한 사람들을 생각해 봅시다. 사람은 자기 중심적이고 감정적이라 힘든 상황을 맞닥뜨렸을 때 "어떻게 이런 일이 나에게?" 하며 자신이 이 세상에서 제일 불행하다고 확실시합니다.

그러나 과연 그럴까요? 예수, 이순신, 베토벤, 나치에게 학살당한 유태인들 등등 우리가 흔히 알고 있는 사람들의 역경을 생각해 보세요. 정말 지금 우리가 겪고 있는 고통, 힘듦보다 덜했을까요?

모든 사람들은 시련이 왔을 때 "왜 나에게만 이런 감당 못할 일들이 벌어지는 거야?"라며 비관에 빠집니다. 하지만 그렇지 않습니다. 모든 사람들은 비슷비슷한 시련을 겪고 그 어려움을 다 극복하며 삽니다. 잠시 혼자만의 불행의 늪에서 빠져 나와 주변을 보세요. 모두들 큰 고민을 갖고도 꿋꿋하게 살고 있음을 알 수 있을 겁니다.

셰익스피어의 「리어 왕」 중 두 딸에게 배신당한 리어 왕이 곤궁에 처하여 미쳐가는 모습을 보면서 이복동생의 모략에 빠져 힘든 나날을 보내던 에드가가 읊조린 대사를 기억합시다.

"신분이 높은 분이 저렇게 고통받고 있는 것을 보니 내 불행은 새 발의 피로구나. 국왕폐하께서 저토록 심한 고통을 겪으시는 걸 보니 내게 닥친 고통을 쉽게 견딜 수가 있겠다."

'불평'이의 신세 한탄 소리는 남 일 같지 않았다. 나 역시 어쨌든 하찮은(?) 택배 일에 종사하지 않는가? 지금도 난 처음 보는 사람들에게 그냥 사무직이라고 말하지 택배 일을 한다고는 안 한다. O전자, O은행에 다니는 친구들을 부러워한다.

> 자기가 맡은 일은 즐겁고 신나게 하라.
> 자기 일을 사랑하고 즐기는 사람은 행복하고 건강하다. ─데니스 웨이틀리

20 다른 사람이 부럽습니다

재는 나보다 봉급을 훨씬 더 받네. 저 애는 공부를 왜 그렇게 잘해. 키도 크고 너무 예뻐.

이렇게 보아도 저렇게 보아도 나보다 훨씬 잘난 사람이 너무나 많아 보이지 않나요? 사실입니다. 정말 이 세상에는 나보다 모든 면에서 월등한 사람들이 너무 너무 많습니다. 그런데 그게 어떻다는 건가요?

아마도 세인의 부러움을 받는 그 사람은 다른 사람, 어쩌면 우리를 시기하고 있을지 모릅니다. 그렇지 않을 것 같나요? 대화를 나눠보세요. 그 사람도 뭔가에는 열등감을 갖고 있음을 금방 알 수 있을 겁니다. 아무리 보아도 완벽하다고요? 그러면 그 사람은 철저히 자신을 감추고 있는 것임이 확실합니다. 모자람이 없는 사람은 없기 때문이죠. 자신의 부족함을 철저히 감추는 의식적인 노력, 그것이 바로 중증으로 치달은 열등감입니다.

나보다 잘난 사람이 있다면 그냥 부러워만 하세요. 그 사람은 그 사람이고 나는 나입니다. 세상의 잣대가 아니라 나의 기준대로 평가하고, 나의 장점을 자랑스럽게 생각하세요. 그것이 기죽지 않고 삶의 행복을 찾을 수 있는 지름길입니다.

고려시대 문인 이인로는 "뿔 달린 짐승은 윗니가 없다. 날개가 있으면 다리는 2개뿐이다. 꽃이 좋으면 열매가 시원치 않다." 라며 신은 특정인에게 모든 것을 주지 않았다고 했습니다. 맞는 말 같습니다.

그와 대화를 하다 보니 속이 상했다. 하지만 어쩔 것인가. 이 일에 종사하게 된 것도 운명인데. 운명을 받아들이는 것도 삶을 편안하게 사는 지혜다. 운명을 거부해 봤자 오이디푸스처럼 되지 뭐, 그렇게 생각하니 다시 마음의 안정이 왔다.

24 알 수 없는 신의 섭리가 있다. 이해할 수 없어도 받아들여야 할 것이 있다

– 오이디푸스 이야기

인생 알 수 없다고 말하는 이유 중에 하나는 인간의 노력으로는 불확실한 미래, 즉 운명과 맞싸워 이겨 자신이 계획한 미래를 만들 수 없기 때문이 아닌가 합니다. 여기 그 대표적인 신화가 있으니 바로 오이디푸스 이야기입니다. 오이디푸스 자신 및 부모는 운명 거스르기 노력을 했지만 아이러니하게 운명의 명령에 절대 복종하게 되었죠.

오이디푸스 아버지는 자식을 낳고자 신탁에 찾아가니 "장차 아들을 낳겠지만 자라서 아비를 죽이고 어미를 아내로 취할 것이다."라는 무시무시한 대답을 들었다고 합니다. 그래서 아이를 낳지 않으려고 노력했지만(운명거부 1) 실수로 아이를 낳았죠. 그 아이가 오이디푸스입니다. 부모는 신탁의 예언이 무서워 그를 죽이려고 했으나 운명의 여신은 오이디푸스를 이웃 나라 코린토스 왕의 양자로 삼게 하였습니다.(운명거부 2)

코린토스에서 성장한 오이디푸스는 지금 자신을 돌봐주는 아버지의 친아들이 아니라는 주변 소문의 진위 여부를 확인하고자 신탁에 물었으나 돌아오는 답은 "너는 아비를 죽이고 어미를 아내로 삼을 것이다."라는 예언이었다고 합니다.

결국 그는 그 운명을 거부하고자(운명거부 3) 양아버지가 살고 있는 땅 코린토스로 돌아가지 않고 방랑을 하기 시작했죠. 그러다 어느 삼거리에서 마차를 타고 오는 노인 일행을 만나 시비가 붙었는데 그만 그는 젊은 혈기에 화를 자제하지 못하고 그 무리 중 한 명을 제외하고 모두 다 죽여버렸습니다. 그런데 놀랍게도 그 무리의 수장인 노인이 바로 오이디푸스의 친아버지였다고 합니다. 거부하려고 한 신탁의 예언이 적중된 것이죠.

그 후 그는 계속 방랑을 하다 친아버지의 땅 테베에서 스핑크스를 만나게 됩니다. 스핑크스는 아시다시피 여행객에게 질문을 던지고 답을 맞추지 못하면 그 이름처럼 질식시켜 죽였죠. 그런데 오이디푸스는 그 누구도 못 맞췄던 스핑크스의 수수께끼를 풀었고 그 괴물은 수치심에 못 이겨 결국 자살해 버렸습니다.

이 일로 그는 일약 시대의 영웅으로 등극합니다. 영웅의 반열에 오를 뿐만 아니라 테베의 왕이 되었죠. 스핑크스를 죽이는 자에게 현재 미망인이 된 여왕과 결혼시켜 자연스럽게 그 나라의 왕으로 추대하겠다는 공고가 있었기 때문입니다. 그는 미망인과 결혼하여 2남 2녀를 낳고 행복한 삶을 영위했는데 무섭게도 그 미망인은 바로 자신의 어머니였습니다. 거부하려고 한 신탁의 예언이 또 적중한 거죠.

이후 20여 년이 지난 시점에서 자신이 다스리는 땅 테베에 이유를 알 수 없는 역병이 돌아 피해가 심각해지자 그 원인을 조사하게 됩니다. 그 과정에서 역병의 원인이 자신이 저지른 패륜아적인 행위 때문임을 알게 된 오이디푸스는 하늘이 무너질 것 같은 충격으로 스스로 두 눈을 실명시켰습니다. 아내이자 어머니는 비참하게 목을 매 자살을 했고요.

오이디푸스와 그의 부모들은 운명을 거부하기 위해 여러 번 의식적 노력을 했지만 피할 수 없었습니다. 사실 말도 안 되는 얘기지만 이 신화를 통해 삶에는 우리의 머리로는 도저히 알 수 없는 신적인 질서와 법칙이 있음을 간접적으로 시사하는 게 아닐까 합니다.

내가 왜 이렇게 살아야 할까? 내게 왜 이런 시련이…… 등등 아무리 생각하고 생각해도 그 이유를 모를 때가 있습니다. 운명이라고 생각하십시오. 그 운명이 설사 자신에게 파괴적으로 다가와도 그것은 나름대로 신의 질서와 법칙에 따르는 것이라고 생각하면 기분이 좀 나아지지 않겠습니까?

도덕경에도 적혀 있습니다. "하늘의 그물은 넓고 넓어 듬성듬성하면서도 새어나가는 법이 없다."

갑자기 웃음보가 터졌다. 지하철 환승이 '바로 되느냐 아니면 한참 기다려야 되느냐'도 운명이라고 생각하니 말이다. 그렇지 않은가? 어느 날은 환승지에 도착하자마자 지하철이 온다. 또 어떤 날은 정말 1분이 아까운데 방금 지하철이 떠나 5~6분을 더 기다려야 한다. 아무리 빨리 환승하려고 안달해 봤자 환승역의 지하철은 내 사정을 봐 주지 않는다. 운명이다. 하하.

그때 '세상은 요지경'이라는 배송 기사 '억울'이의 노랫소리가 저기서 부터 들려왔다.

"왜 아침부터 비판 모드? 무슨 일 있어요?"

"분명히 어제 상품을 갖다 주었는데 못 받았다고 고객이 바락바락 우겨서 제기랄, 제가 물어내야 한대요. 증명할 수 없으면. 정말 억울해요. 분명히 배달 완료했는데……."

가슴이 아팠다. 한 개 배송해 봤자 900원도 못 받는 사람한테 잘잘못이 불분명하지만 고객은 항상 옳다, 라는 기준을 적용시켜 몇만 원을 변상시키다니…….

속상함에 싫은 소리를 해댔다.

"그러길래 고객에게 해피콜 반드시 해야 한다고 했잖아요. 왜 세세하게 업무를 처리 안 해서 이런 억울함을 당해요? 어휴!"

화가 난 그에게 '깨진 유리창의 법칙'이나 도덕경의 '必作於細(필작어세)'를 설명해 주고 싶었지만 불 난 곳에 기름 붓기인 것 같아 속으로만 생각한다.

〈깨진 유리창처럼 사소한 것을 방치하면 나중에는 큰 범죄로 이어지는 것과 같이 조그마한 일을 무시하면 결정적인 한 방을 먹게 된다.〉

― 깨진 유리창의 법칙

〈천 장이나 되는 제방도 땅강아지와 개미의 구멍 때문에 무너지고 백 척이나 되는 집도 굴뚝 틈새의 불씨로 잿더미가 된다. 그래서 백규는 제방을 순시하다가 작은 구멍을 막았으며, 나이 든 사람들은 불씨를 막기 위해 굴뚝의 틈새를 막았다. 이 때문에 백규는 수해를 당하지 않았고 나이 든 사람들은 화재를 당하지 않았다. 이것은 모두 쉬운 일을 조심해 재난을 피한 것이며, 작은 것을 삼가서 큰 재앙을 멀리한 것이다.〉 - 도덕경: 필작어세

그가 실수를 했든 안 했든 그의 억울한 듯한, 체념한 듯한 얼굴을 보니 왠지 불편한 진실을 마주하고 있는 듯하다.

22 불편한 진실이 너무 많습니다

- 착한 사람이 반드시 복을 받는 것은 아닙니다.
- 나를 도와주려는 사람, 어쩌면 나를 이용하는 사람일 수도 있습니다.
- 정치인, 의사, 검사, 경찰, 선생님들도 결국 돈 때문에 정의를 내팽개치기도 합니다.
- 돈으로 사랑을 살 수도 있습니다.
- 싸게 산 것은 대부분 속아 산 것입니다.
- 정의는 반드시 승리하지 않습니다.
- 신호등 다 지키고 회의 장소에 늦게 도착하면 거래가 끊어질 수도 있습니다.

- 진상 고객이 먼저 보상을 받습니다.
- 건의사항 말하라고 해서 정말 바른말을 하면 잘릴 수 있습니다.
- 빨리 퇴근해, 쉬면서 해야지, 상사의 새빨간 거짓말입니다.
- 각종 조합은 조합원을 위해 존재하지 않습니다.
- 우리들의 성금은 불쌍한 사람을 위해서만 쓰이지 않습니다.

그 밖에 또 뭐가 있을까요? 정말 너무 많아서 어떻게 살아야 할지 참 힘듭니다.

그렇다. '억울'이의 경우를 보더라도 정말 세상은 불공평한 것 같다. 하나님, 부처님, 알라님, 조상님들이 있지만 정의가 항상 승리하지 않고 선한 사람이 복을 받지만은 않는다. 의로운 일을 하다가 궁형이라는 수치스러운 벌을 받은 『사기』의 작가 사마천도 이런 의구심에 대한 답을 못 찾았다고 한다. 그가 고뇌하며 문장으로 남긴 글을 보자.

〈노자는 이렇게 말했다. "하늘의 도는 사사로움이 없어 언제나 선한 사람과 함께한다." 백이와 숙제는 착한 사람이라고 할 수 있지 않는가? 그러나 그들은 이처럼 어진 덕망을 쌓고 행실을 깨끗하게 했건만 굶어 죽었다. (중략)
하는 일이 올바르지 않고 법령이 금지하는 일만을 일삼으면서도 한평생을 호강하고 즐겁게 살며 대대로 부귀가 이어지는 사람이 있다. 그런가 하면 걸음 한 걸음 버딜는 데도 땅을 가려서 딛고, 말을 할 때도 알맞은 때를 기다려 하며, 길을 갈 때는 작은 길로 가지 않고 공평하고 바른 일이 아니면 떨쳐 일어나서 하지 않는데도 재앙을 만나는 사람은 그 수를 헤아릴 수 없을 만큼 많다. 이런 사실은 나를

매우 당혹스럽게 한다. 만약에 이러한 것이 하늘의 도라면 옳은 것인가, 그른 것인가?〉

이를 어떻게 해석해야 하는가? 그리고 어떻게 살아야 하나? 갑자기 철학적인 질문을 하게 되었다.

23 세상이 이런데 내가 왜 선하게 살아야 해요?

인생 살면서 위와 같은 불편한 진실을 한 번이라도 접하면 인간답게 살기 싫습니다. 목소리 큰 놈이 이기고, 믿는 도끼에 발등 찍히고, 있는 것들이 더 악독한데 왜 나만 인간성을 유지하면서 살아야 할까요? 그 답을 찾을 수가 없어서 나쁘게 살기로 마음먹은 사람이 있었습니다.

친구를 포함하여 주변 사람들을 항상 의심했고, 언제나 새치기를 했으며, 불쌍한 사람들을 보면 외면했고, 돈을 벌기 위해 야비한 짓도 했습니다. 또한, 내 출세와 이익을 위해서 형제자매와도 연을 끊었지요. 그 결과는? 놀부, 스쿠루지 등 비인간적이었던 사람들의 삶을 생각해 보면 알 수 있을 겁니다. 내 삶이 그렇게 피폐해진다? 아찔하지 않습니까?

인간의 본성이 악한지 선한지 잘 모르겠지만 보통 우리네들은 선천적으로 악하게 살지 못합니다. 조그마한 거짓말에도 가슴이 벌렁벌렁 뛰는 자신을 보십시오. 그래서 보통 사람들은 그냥 손해 보더라도 인간성을 유지하며 삽니다. 금전적 손해는 언젠가는 만회할 수 있지만 인간성 파괴에 따른 마음의 불안, 초조, 시름은 한번 지나가면 다시 되돌릴 수 없는 우리의 삶의 시간을 갉아먹으니까요. 바로 이것이 요즘같이 위선과 거짓이 판치는 세상에서 최소한의 인간성을 유지하며 살아야 하는 이유라고 생각합니다.

하기야 선한 씨앗을 뿌리면 언젠가는 복을 주는 열매가 주렁주렁 달리게 마련이다. 좀 생뚱맞지만 헤라클레스의 모험에서도 보면 여의치 못한 상황에서도 나그네를 정중히 대접한 덕에 죽은 아내를 되살렸다는 얘기도 있지 않은가.

24 인간성을 유지하면 복이 온다
– 아드메토스의 아내가 되살아난 이야기

인간성이란 말뜻은 워낙 광범위해서 '인간성이 좋다. 나쁘다'를 딱 정의 내리기는 어렵습니다. 여기서는 어려운 상황에서도 손님을 성심성의껏 접대하는 행위도 최소한의 인간성을 유지하는 것이라는 전제하에 인간미 있는 삶으로 큰 복을 받았다는 신화를 소개하겠습니다.

헤라클레스는 인간이면서 죽어서 신의 세계로 간 유일한 영웅으로 유명합니다. 그는 제우스의 아들이었으나 자신의 남편이 바람을 피워서 낳은 아이에게 고운 시선이 가지 않았던 헤라 여신의 질투로 세상살이를 하면서 고난을 겪게 되죠. 덜떨어진 왕 암피트뤼온 밑에서 불가능한 미션 열두 가지 과업을 완수했어야 함이 바로 그것입니다. 아드메토스의 아내를 되살린 얘기는 그 열두 가지 미션을 수행하던 중 발생한 일화입니다.

헤라클레스가 과업을 수행하기 위해 여기저기 원정을 떠나다가 '페라이'라는 조그만 나라에 도달하여 그 나라 왕에게 숙박을 청했습니다. 그랬더니 왕인 아드메토스가 직접 나와 환대하며 시중들에게 내전에서는 좀 떨어졌으나 좋은 방을 내어주고 술과 고기를 대접하도록 지시하였습니다. 헤라클레스는 왕의 안색이 좋지 않음을 이상하게 여겼으나 이내 술에 취해 모두 다 잊어먹고 돼지 멱따는 큰 소리로 노래를 부르고 심지어 음탕한 내용의 노래까지 불렀다고 합니다.

그러다가 그는 시종들의 당황스러운 표정과 쑥덕거림을 술 취한 와중에도 이상함을 느꼈던지 그 사유를 물었습니다. 그랬더니 한 시종이 머뭇거리며 답변하는 말이 "지금 왕비님의 초상 기간입니다. 그런데 왕께서는 손님 대접을 소홀히 할 수 없고 불편을 끼칠 수 없다고 곡소리가 들리지 않는 이곳으로 모셨는데, 지금 장사님의 노랫소리는 왕비님을 장사 드리는 곳까지 들릴 뿐 아니라 내용도 민망하여 그렇습니다."였다네요.

이 대답에 황망한 헤라클레스는 과거 제 처자식을 술에 취해 죽였던 일을 생각하고 한심한 자신을 크게 탓하며 보답을 해야겠다고 마음 먹었습니다. 그 보답이란 왕의 아내 알케스티스가 아직 매장을 하기 전이므로 묘지로 빨리 찾아가 거기 서성이는 타나토스와 드잡이를 해서라도 그녀를 되살리는 것이었습니다. 저승을 지키는 머리 셋 달린 개 케르베로스도 사로잡았던 헤라클로스를 이길 수 없었던 타나토스는 결국 왕비의 혼백을 하데스로 데려가지 못했죠. 헤라클레스는 아드메토스의 호의에 보답하여 죽어가는 왕비를 소생시켜 준 겁니다.

이처럼 아무리 극한 상황에 처했다 하더라도 최소한의 인간성을 유지하면 죽은 아내도 되찾는 일도 생기는 것 같습니다. 성경에도 "가장 연약한 자를 만나면 나(예수)를 대하는 것처럼 하라. 그러면 복을 받는다."라는 문구가 있다던데, 인간성을 유지하면서 살아야 함은 만고의 진리인 것 같네요.

그래도 회사에서는 선한 사람이 복을 받지는 않는 것 같다. 그리고 현실은 눈 뜨고도 코 베어 갈 정도로 냉정하다. 어느 잡지에 기고된 글을 보면 고개가 끄떡거리지 않을 수 없다.

25 어떻게 저런 악독한 놈이 승승장구하지?

수필 하나 – 나한테 잘하고 성과 내는 놈이 최고야

(중략) 직장 생활을 하면서 아무리 생각해 봐도 정말 나쁜 사람이라고 결론지은 몇 명이 있었습니다. 그런데 참으로 이상하게 그들은 초고속 승진을 하고 있는 것 아니겠습니까? 자신이 살기 위해 동료, 후임 직원의 뒤통수를 상습적으로 치고 타인에 대한 배려가 없으며 가끔은 직원에게 폭력도 휘두르는 저런 놈이 회사에서 인정을 받다니 정말 아이러니합니다. 상사들도 귀가 있다면 그들의 악행을 다 듣고 있을 텐데 어찌 저들을 응징하지 않는 걸까요. 권선징악인데……. 회사가 원망스럽습니다.

그런데 생각해 봅시다. 회사는 왜 존재할까요? 이익을 내기 위해서죠. 이익을 내려면 업무 능력이 뛰어난 인재가 필요함이 당연하죠. 그 인재가 선한 사람이면 좋겠지만 그렇지 않다고 해도 회사에 이익만 가져다 준다면 'don't care'입니다. 사실 회사는 조직의 성과를 극대화하기 위해 직원들에게 악독해지라고 분위기를 조장하기도 하지 않습니까.

또 생각해 봅시다. 내가 경영진이 관심을 갖는 중요 프로젝트의 팀장이 되어 팀원을 구성하려고 한다고 합시다. 그렇다면 당신은 어떤 직원을 선발할까요? 인간성을 볼까요? 아니면 능력을 우선 볼까요? 아마도 아무리 그 직원의 평판이 나쁘다고 해도 내가 그를 통제할 수 있는 위치에 있다면 능력 우선으로 선발할 것입니다.

한 번만 더 생각해 봅시다. 통상 아래 직원에게 악독하게 행동하는 사람의 공통점은 자신의 상사에게는 기가 막히게 잘합니다. 눈치가 빨라 가려운 데를 잘 긁어 주죠. 듣기 좋은 말도 잘하고 자기 돈이 아닐 수도 있지만 때마다 선물을 하기도 합니다. 또한 어떻게 하든 성과를 내어 주니 그 직원이 평판이(인간성) 좋든 나쁘든 무슨 상관일까요?

회사는 그 사람의 인간성을 보지 않습니다. 그 사람의 성과와 나한테 필요한 사람이냐 아니냐를 보면서 진급을 시켜주고 포상하는 것이죠. 슬프지만 이게 현실입니다. (중략)

순진하게 '저 사람은 악한데 왜 잘나가지? 이거 뭐가 잘못된 것 아니야?'라고 생각하지 맙시다. 다 잘나가는 이유가 있는 것입니다.

수필 또 하나 – 내가 우산을 잃어버린 게 아니에요. 누가 가져 갔어요.

초등학교 1학년 전후였던 것 같습니다. 비 오는 날에 밖에 나갔다가 우산을 잃어 버린 후 엄마한테 상당히 꾸지람을 들었었죠. 그 당시 난 상당히 억울했습니다. 나는 단연코 우산을 잃어버린 것이 아닙니다. 누가 우산을 가져 간 거죠. 어린 나이였지만 항변을 했습니다. 그러나 결론은 나의 부주의 때문에 우산을 잃어버렸다는 겁니다. 시골에서 잠깐 올라 오신 할머니도 나의 편을 들어 주지 않았습니다.

이 사건은 그 후 오랜 기간 동안 엄마와 나 사이에서 회자되었습니다. 엄마는 언제나 나를 답답해하셨고 나는 엄마의 꾸지람을 상당 기간 동안 이해할 수 없었죠. 그 당시 나의 주장은 이런 것이었습니다.

"나는 단지 우산을 옆에다 두었는데 누가 그 우산을 가져갔다. 그렇다면 우산이 없어진 것은 그 우산을 가져간 놈 때문이다. 사실이 이러한데 왜 내 잘못이라고 하는가? 왜 그것을 가져간 그 사람을 비난하지 않고 왜 자꾸 나한테만 뭐라고 하는가? 오히려 난 피해자인데 말이다."

여러분들은 어떻게 생각하시나요? 제가 잘못하였나요? (중략)

결국 우산을 잃어버린 것은 내 잘못입니다. 내 것을 잘 간수하지 못해서 벌어진 일이니까요. '간수', 당시 난 이것의 개념을 잘 몰랐던 것이죠. 세상을 살다 보니 누가 내 것을 자기 것인 양 지켜주지 않더라고요. 반대로 오히려 뺏어 가려고 갖은 수를 다 씁니다. 삶의 쓴맛 단맛을 다 겪은 어른들의 눈에는 그 당시 나의 항변은 귀엽기도 했겠지만 모진 이 세상 어떻게 살려고 저러는가, 걱정한 것 같습니다.

(중략) 하지만 세상은 뺏고 뺏기면서 돌아갑니다. 그 소용돌이 속에서 정신을 바짝 차리지 않으면 자기 것은 하나도 남지 않게 되죠. 우산을 잃어버린 것. 누가 도둑질을 해 갔어도 결국 내 잘못입니다. 항상 내 손에 두었다면 절대로 잃어버리지 않았겠죠.

세상을 탓하기 전에 나를 탓해야 합니다. 이제서야 엄마의 꾸지람을 이해할 수 있습니다.

고개를 끄덕이다가 다시 가로젓는다. 다음 글이 생각났기 때문이다.

〈악을 행하는 자들 때문에 불평하지 말며 불의를 행하는 자들을 시기하지 말지어다. 그들은 풀과 같이 속히 베임을 당할 것이며 푸른 채소같이 쇠잔할 것임이로다(중략)
자기 길이 형통하고 악한 꾀를 이루는 자 때문에 불평하지 말지어다. 분을 그치고 노를 버리며 불평하지 말라. 오히려 악을 만들 뿐이라.〉
- 성경 시편 37편

〈현명한 사람은 자기를 세상에 잘 맞추는 사람인 반면에 어리석은 사람은 그야말로 어리석게 세상을 자기에게 맞추려는 사람입니다. 그런데 역설적이게 세상은 이런 어리석은 사람들의 우직함으로 인하여 조금씩 나은 것으로 변화해간다는 사실을 잊지 않아야 합니다.〉
- 신영복의 『나무야 나무야』에서

아름다운 사람
기억하라! 만약 내가 도움을 주는 손이 필요하다면 너의 팔끝에 있는 손을 이용하면 된다. 네가 더 나이가 들면 손이 두개라는 것을 발견하게 될 것이다. 한손은 너 자신을 돕는 손이고 다른 한손은 다른 사람을 돕는 손이다.
- 오드리 햅번의 마지막 유언

#제5장

:ଡ଼: 이런저런 대화

구정이 다가온다. 이맘때면 평소 대비 물량이 150% 이상 증가하여 사전 준비를 철저히 하지 않으면 밀려들어오는 물량을 감당할 수 없다. 그래서 그런지 오래간만에 지점장 주관으로 회의가 열렸다. 현장에서 처음 맞는 설날 특수기라 이 회의를 통해 물량 폭증기에 어떤 노하우로 어떻게 대처하는지 배우고자 했다. 안건이 많으니 많은 얘기가 나올 것으로 예상했다. 그런데 이게 웬일인가? 생각과는 달리 열띤 토론은 없었다. 지점장이 이것저것 물어봐도 직원들은 별로 말이 없었다. 그동안 한 대로 하면 된다는 식이었다. 그러고는 '끝'이었다.

회의가 종료된 후 난 조심스럽게 후배 직원에게 물었다.

"아니, 이거, 이거는 좀 문제가 있지 않아요?"

"맞아요. 문제가 아주 많죠."

"그런데 왜 아무 말도 안 해요?"

"괜히 의견을 내었다가 다른 사람들에게 욕먹어요. 쓸데없는 의견 내놓았다고."

"뭐라고요? 아니 그렇더라도……."

"하하, 차장님. 저는 다른 사람들의 눈이 무서워요."

맞는 말 같기도 하고 아니기도 했다. 어쨌든 사람은 사회적 동물이라 다른 사람의 눈치를 아니 볼 수는 없지 않은가.

26 내 행동을 다른 사람이 어떻게 생각할까 겁납니다

주변 사람들의 수군거림이 무서워서 하고 싶은 일들을 못한 적이 있지 않나요? 나의 언행을 여기저기서 평가하고 있다는 생각에 자신의 의지와 상관없이 위축된 행동을 한 적도 있을 겁니다. 사람은 사회적 동물이라 주변의 눈치를 보는 것은 당연합니다. 그런데 그 정도가 심하면 내가 나 아닌 삶을 살 수 있음도 분명히 아셔야 합니다.

어떤 분은 "그렇지만 자칫하면 그 무서운 왕따가 되는데 어떻게 남의 눈치를 안 볼 수 있어?"라며 반박할 겁니다. 그것도 분명 맞는 말씀입니다. 엉뚱한 행동으로 주변에서 본인을 왕따시키도록 유도할 필요는 전혀 없죠. 그럼 뭐냐고요? 제가 드리고자 하는 말씀은 너무 자신이 다른 사람에게 주목을 받고 있다고 착각하지 마시라는 겁니다.

사람들은 바쁘게 삽니다. 그리고 자신의 문제를 해결하는 데 대부분의 시간을 쓰죠. 그래서 내가 한 행동, 말에 대해 그렇게 오랫동안 기억하지 못합니다. 단지 자기 혼자만 그것에 집착하여 타인의 시선을 걱정스러워 하는 것입니다. 실제로 몇 달 전 어처구니 없는 자신의 실수를 기억하고 있는 사람은 드뭅니다. 심지어 가족조차도 잊어먹죠. 그러니 자신을 잃어버릴 정도로 주변 시선을 의식하고 자신을 억제하려고 하지 마세요. 과도한 주변 눈치보기는 나쁜 정신병에 걸린 것과 같습니다. 병은 치료해야 합니다.

사람이 죽기 전에 후회하는 것이 몇 개 있는데 그중 하나가 "주변 사람들의 눈치를 보느라고 내가 하고 싶은 일을 하지 못한 것"도 포함되어 있다고 합니다. 후회하지 않도록 합시다.

하지만 그와 좀 더 얘기해 보니 동료들의 눈치 때문에 아무 말도 안 한 것이 아닌 것 같았다. 의견을 내봤자 받아들여지지 않는 것이 뻔하기 때문에 굳이 누군가에게 미움받을지도 모르는 말을 하기 싫어했던 것이다. 결국 '눈치' 플러스 '의견의 무시' 때문에 입을 닫았다는 얘기다.

21 왜 내 의견을 물었어?

"내 의견을 반영도 안 할 거면서 왜 물어봐? 짜증나게."

의사 결정자는 항상 소수이기 때문에 대체로 팔로우의 위치에 있는 우리는 이런 말을 자주 합니다. 정말 그렇습니다. 내 말을 듣고 싶다고 하여 귀한 시간을 할애하여 의견을 피력했더니 내 의사와 반대되는 결정을 하는 저 무리들을 보면 속이 상합니다. 우리나라 사람들의 경우는 속이 상하다 못해 분노가 치밀어 자신의 의견과 다른 결정에 대해 죽자사자 반대를 하지요. '그건 틀렸어'라는 아주 굳은 신념을 갖고 말입니다.

"어, 내 의견과 다르네. 그렇구나. 어쩔 수 없지 뭐." 서양인들은 이렇다고 합니다. 그럼 그들은 언제나 순종적일까요? 그렇지는 않답니다. 만약 어떤 정책의 결정이 관계자인 자신의 의견 없이 일방적으로 결정될 때에는 불같이 화를 낸다고 합니다. 자신을 무시한 처사라는 거죠. 하지만 일단 자신의 의견을 수렴한 후 수뇌부가 그의 의견과 다른 결정을 해도 최종 판단은 궁극적으로 그들의 몫이기 때문에 어쨌든 받아들인다는 거죠. 직접 확인하지는 못했지만 외국에서 최고 경영자까지 했던 분의 말이니 사실이라고 간주한다면 이는 배울 만한 자세라고 생각합니다.

"사공이 많으면 배가 산으로 간다."는 우리나라 속담이 있지요. 이 속담의 의미는 자신만 옳고 자기 주장만 고집하면 모두 다 망한다는 교훈이 내포된 것이니 서양인들의 다른 사람들의(리더 포함) 의견을 존중하고 자신의 생각을 굽힐 줄 아는 탄력적인 마음자세가 부러울 따름입니다.

그런데 우리는 마음보가 삐뚤어져 남의 의견을 무시하는 것일까요? 그렇지 않을 겁니다. 타인의 의견 존중은 상호 간의 신뢰와도 연결되어 있습니다. 우리나라 사람들은 언제부터인가 상대방에 대한 신뢰가, 특히 의사 결정자들에 대한 믿음이 땅에 떨어졌습니다. 그들의 결정이 모두를 위한 판단이 아니라 의사 결정자 자신 혹은 관계된 소수의 사람들만을 위한 결정인 경우가 종종 있었기 때문이죠.

결국, 우리가 자신의 의견을 꺾지 않는 이유는 '내 생각이 옳다' 라는 지나친 자신감과 같이 일하는 사람들에 대한 '신뢰의 부족' 때문이라고 할 수 있겠네요.

우리는 리더이기도 하면서 팔로워입니다. 그러므로 리더의 위치에 있을 때는 사리사욕에 눈멀지 말고 전체의 이익을 극대화할 수 있는 방향으로 정책을 결정해야 하며, 팔로워일 때에는 자신의 판단과 틀리더라도 일단 수용하고 그 정책이 성공할 수 있게 최대한 지원해야 하겠습니다.

"주는 것이 있어야 받는 것도 있다"고 합니다. 당신이 팔로워일 때 따라줘야 합니다. 그래야만 자신이 리더가 되었을 때 상대편으로부터 협조를 받을 수 있지 않겠어요? 원론적이기도 하지만 이것이 세상 사는 이치이기도 하지요.

그래도 이해할 수 없었다. 무엇이 문제인지 인식하고 있고 그것을 해결할 방법도 정확히 알면서 왜 모른 척할까? 나 같으면 윗사람에게 인정받고 싶어서도 얼른 얘기할 텐데…….

내 삶의 기준으로는 정말 이해가 안 되었다.

28 이해할 수 없는 사람이 주변에 너무나 많습니다

아무리 생각해 봐도 이해할 수 없는 사람이 있었습니다. 주변 사람들에게 물어봐도 '그는 이상해.'라고 합니다. 정말 그 사람은 보통 사람과는 다른 생각을 하며 사는 사람인 것 같습니다. 아무 의심 갖지 않고 나도 그를 이상한 사람으로 취급했습니다.

어느 날, 회사 내 웃어른이 어떤 사안에 대해서 내 의견을 묻자 나는 짐짓 이상함을 느꼈습니다. 아무리 생각해도 그것의 정답은 누가 봐도 이것인데 왜 물으실까 라는 의구심이 들었기 때문이죠. 어쨌든 "이것입니다."라고 말씀드렸습니다. 그런데 이게 웬일인가요? 다른 분들은 내 의견에 대해 말도 안 된다며 반박하는 것 아닙니까. 약간 황당했습니다. 그래서 이렇게도 표현해 보고 저렇게도 설득하면서 내 주장의 정당성을 끝까지 고집하였습니다.

그런데 어느 날, 친한 동료가 내게 와서 사람들이 "너의 사고방식에 의문점을 표하고 있어."라고 말합니다. 황당했습니다. 내가 과거에 누군가의 행동에 대해 "아무리 이해하려고 해도 이건 이상해."라고 단언한 것처럼 누군가에게 있어 나는 '이해가 되지 않는 사람'으로 불리고 있었던 겁니다.

이런 일이 왜 벌어질까요? 혹시 우리는 우리의 경험, 우리의 기준, 우리의 상황 논리로만 남을 판단하려고 해서 그런 게 아닐까요. 다른 사람에게 상황을 설명할 때도, 해결책을 제시할 때도, 의견을 구할 때도 철저히 자기 자신을 기준으로 얘기하는 오류를 범해서 그럴 겁니다. 자기 기준으로 타인을 보면 모두 이상한 사람입니다. 모든 사람의 마음은 나 같지 않죠. 이 사실을 인정해야 주변에 이상한 사람들이 없어집니다. 물론 나도 이상한 사람이 되지 않고요.

당시에는 도저히 용인할 수 없었던 상대방의 주장이 일정 시간이 지나간 뒤에는 '아 그래서 그랬구나'라고 뒤늦게 이해되었던 적이 누구나 있을 겁니다. 무슨 의미일까요? 다시 한 번 깊게 생각해 봐야겠습니다.

고쳐주고 싶었다. 젊은 애가 어떻게 그런 피동적인 사고 방식을 갖고 있는지 한심하고 답답했다.

29 잔소리를 해서라도 저 버릇을 고쳐줘야 해

남편을 대하는 방법이 우리나라와 서양의 아내는 좀 다르다고 합니다. 우리 아내들은 남편에게 "담배 피우지 마라, 술 먹지 마라, 늦게 들어오지 마라" 등등 평생 잔소리 잔소리인데 서양 아내들은 그런 싫은 소리 남편한테 한두 번만 한다고 하더라고요. 대신에 어느 선을 넘으면 칼같이 떠난다고 합니다. 아주 냉정하게.

왜 그럴까요? 문화적 차이가 있는 것 같습니다. 우리나라 사람들은 누구라도 일단 자기 구성원이 되면 좋은 목적으로 그 사람을 자신들의 기준에 맞춰 바꾸려고 하는 것 같습니다. 그래서 아내는 남편에게 잔소리를 하고, 팀장은 팀원에게 싫은 소리를 하고, 친구들끼리도 티격태격하며 자신과 다른 당신의 행동 및 사고 방식에 변화를 주고자 합니다. 사실 좋은 일입니다. 싫은 소리를 해서 가정이 화목하고, 팀의 생산성이 높아지고, 잘못된 행동이 고쳐진다면 당연히 그렇게 해야겠지요. 또한 잔소리 듣는 게 낫지 갑자기 사랑하는 사람이 떠나거나 회사에서 잘림을 당한다면…… 으, 생각만 해도 끔찍합니다.

그런데 문제는 사람마다 갖고 있는 독특한 개성, 인정해 줘야할 그 사람의 본성(습성)마저도 바꾸려는 시도까지 한다는 점입니다. 특히 자기 것에 애착이 강한 사람일수록 그렇게 해야 한다는 사명감이 더 강한 것 같습니다. 바로 그 사명감이 문제입니다. 자신의 말이 진리가 아님은, 자신이 제시하는 길이 옳은 길이 아닐 수도 있음은 절대적 진실인데 무슨 이유로 자신의 기준을 강요하는지요. 생각해 볼 문제입니다.

그 사람의 본성상 혹은 이미 바꿀 수 없을 정도로 몸에 배인 습관 등, 도저히 못 고치는 것들이 있습니다. 우리 아이는 10년 넘게 잔소리를 했는데 아직까지 자기방 정리를 하지 않습니다. 지각을 일삼는 직원은 상당한 압력이 가해졌음에도 며칠 지나면 또 지각하고요. 우리 엄마의 잔소리는 이제 나도 성인이니 하지 말라고 해도 그치지 않습니다.

특별한 문제가 안 되면 내 맘에 들지 않더라도 그냥 내버려 둬야 할 것은 내버려 둬야 할 것 같습니다. 이것이 그 사람을 존중해 주는 것이요, 상호 간에 무의미한 상처를 주지 않는 방법일 것입니다.

그에게 싫은 소리를 하려고 막 입을 떼려는 순간 내 처지를 돌아보았다. 유배당하고 있는 주제에 누가 누구를 훈계하려고 하는가. 그래도 저 친구는 운영원으로 여기서 나름대로 인정받고 있지 않은가. 나야말로 저 친구 말대로 지금 입장에서는 여러 사람의 눈치를 봐야 하고 얘기해 봤자 의견이 무시당할 것이 뻔한데 말이다. 누가 누구를 답답해 하는지…… 창피하다.

30 누가누굴 욕하나요

"남이 하면 불륜, 내가 하면 로맨스"라는 말이 있습니다. 이 우스개 말은(생각보다 굉장한 의미가 포함되어 있는) 삶을 살면서 큰 낭패를 회피할 수 있는 방법을 가르쳐 주는 나침반 같은 경구입니다. 우리는 자신이 하는 일을 합리화시키는 달인입니다. 그리고 남이 하는 일을 비방하는 전문가이기도 하죠. 이것은 보통 사람부터 엘리트까지 모두 다 그렇습니다.

북한이 3대 세습한다고 욕하시나요? 목사도 재벌도 그리고 저도 자식에게 뭔가를 주려고 애씁니다.(오해 마시기를. 저는 절대 북한의 체제나 목사나 재벌의 세습을 옹호하는 사람이 아닙니다.)

있는 것들이 더 욕심이 많다고 비난하시나요? 자신은 지금까지에 기부금을 얼마나 냈는지 계산해 봅시다.

어떻게 저렇게 악랄하게 살까 힐난하나요? 비용 절감하라는 회사의 지시에 당신은 어떻게 했는지 뒤돌아 보세요.

임원이 팀장인 나한테 너무 함부로 한다고 생각하시나요? 팀원들은 팀장인 당신을 어떻게 평가할지 반문해 보십시오.

겨 묻은 개가 똥 묻은 개 욕한다고 합니다. 누가 누구를 욕합니까? 별반 차이가 없는데. 오십 보 백 보입니다. 그럼에도 우리는 성인이 아닌 보통 사람이니까 어떤 일을 할 때 내 업무 처리 방식은 합리화시키고 상대방이 그 일을 할 때는 욕하고 비난할 수 있습니다. 충분히 그럴 수 있죠. 대신에 누구를 신랄하게 비난하고 싶을 때 한 번이라도 자신을 뒤돌아 보십시오. 그러면 최소한 나중에 창피하여 얼굴도 못 들게 될 상황은 피해 나갈 수는 있을 겁니다.

어쨌든 우리는 방탕한 사제들처럼 입으로는 험한 가시밭길을 천당 가는 길이라고 알려 주고, 정작 자신은 환락의 꽃밭을 거닐 듯 하면 안 되겠습니다.

> 삶은 부메랑이다. 우리들의 생각, 말, 행동은
> 언제가 될지 모르나 틀림없이 되돌아온다.
> 그리고 정확하게 우리 자신을 그대로 명중시킨다. -플로랑스 스코벨 쉰

이해할 수 없다, 잔소리해서라도 고쳐주고 싶다, 누굴 욕한다, 이것의 공통 분모는 서로의 다름을 받아들이지 않아서 그런 것 아닐까 한다. 정말 '다름'을 인정하기가 쉽지 않다. 특히 나이 먹어서는 더더욱 그런 것 같다. 40대 초반인 나를 보더라도 그렇지 않다고 생각하는 것에 대해서는 타협하지 않지 않은가. 열린 마음을 가져야 하는데 어렵다.

그런데 양 극단은 통한다고 했다. 생성부터 다른 동서양의 철학, 문화, 신화를 보면 겹치는 부분이 제법 있다. 참 흥미로운 일이 아닐 수 없다.

31 다르지만 같은 것들

노자와 공자

뿌리가 다른 동양의 대표 철학자의 "아는 것이 무엇인가"에 대한 같은 가르침.

노자: 스스로 잘 알지 못한다는 것을 제대로 아는 것이 최상이고 알지 못하는 것을 스스로 안다고 말하는 것이 병이다.

공자: "유야. 너에게 어떤 것을 안다는 것을 가르쳐 줄까? 어떤 것을 알면 그것을 안다고 하고, 알지 못하면 알지 못한다고 하는 것, 이것이 진정으로 아는 것이다."

점을 보는 행위

감성을 중요시하는 동양인과 이성을 우선시하는 서양인도 점 보는 것에 열광함.

동양: 미래가 궁금하면 동양인은 주역, 토정비결에 물음.

서양: 미래가 궁금하면 서양인은 텔포이(아폴론 신전)에 찾아가 물음.

이웃 사랑

"만약 천하로 하여금 서로 겸애하게 하여 '이웃을 네 몸같이 사랑한다면' 어찌 불효가 있을 수 있겠는가? 그러므로 천하가 서로 겸애하면 평화롭고 서로 증오하면 혼란해진다."

성경 말씀? 아니다. 동양 철학자 묵자의 말씀이다.

영혼의 윤회

"그만 때리시오. 개의 신음 소리를 들으니 지난 생에서 나의 친구였던 ○○의 영혼이 울고 있소."

부처님 말씀? 아니다. 수학에서 '피타고라스의 정리'로 유명한 피타고라스가 한 말이다. 고대 서양의 철학자 말이다. 그는 놀랍게도 영혼의 윤회를 설파했다.

아버지를 고발하는 것이 옳은가, 그른가?

〈섭공과 공자의 대화〉

섭공: 우리 마을에 대쪽같이 곧은 사람이 있습니다. 그 아비가 양을 훔치자 그가 그 사실을 관청에 고발했습니다.

공자: 우리 고을의 곧은 사람은 그와 다릅니다. (비록 그런 일이 있더라도) 아비는 자식을 위해, 그리고 자식은 아비를 위해 감추어 줍니다. 곧음은 그 가운데에 있습니다.

〈플라톤의 『대화』 중 에우튀프론〉

에우튀프론: 아버지를 고소했습니다. 머슴을 죽인 살인죄로요.

소크라테스: 아버지를 고소했다고?

에우튀프론: (단호하게) 예. 경건하고 신들이 좋아하는 행위죠.

경건과 불경건, 신이 좋아하는 행위 등에 대해 논한 후,

소크라테스: 만약 자네가 경건한 것과 불경건한 것이 무엇인지를

분명히 알았더라면 그 머슴 때문에 나이 많은 자네 아버지를 살인죄로 고소하지는 않았을 것이오. 또 이런 일을 하는 것이 옳지 않은 일이 아닐까 하고 신들을 두려워하고 사람들의 또 다른 생각도 헤아렸다면 감히 그러지는 못했을 것이네.

신화: 왕인 아버지를 만나기 위해 증표를 가져가야 한다?

〈고구려 2대 왕, 유리왕〉

유리는 이 말을 듣고 산골짜기로 가서 찾았으나 얻지 못하고 지쳐 돌아왔는데, 어느 날 아침 마루 위에 앉아 있다가 기둥과 주춧돌 사이에서 소리가 들리는 것 같아 다가가서 보니 주춧돌이 칠각형이었다. 그는 곧 기둥 아래를 뒤져서 부러진 칼 한 조각을 찾아냈다. 마침내 그것을 가지고 옥지(屋智), 구추(句鄒), 도조(都祖) 세 사람과 함께 떠나 졸본(卒本)에 이르렀다. 부왕을 만나 부러진 칼을 바쳤다. 임금이 자기가 가지고 있던 부러진 칼을 꺼내어 합쳐 보니 이어져 하나의 칼이 되었다. 임금은 기뻐하고 그를 태자로 삼았는데, 이때에 와서 왕위를 잇게 된 것이다.

〈그리스신화의 영웅, 테세우스〉

아테네의 왕 아이게우스의 아들로 태어나, 어머니 아이트라의 고향인 트로이젠에서 자랐다. 청년이 되었을 때 어머니가 일러주는 대로 큰 바위를 들어올려 그 밑에 부왕 아이게우스가 숨겨 둔 왕가의 검(劍)과 샌들을 찾아내어 그것을 가지고 아테네로 향해 길을 떠났다. 그는 안전한 해로를 두고도 육로를 택해 온갖 위험을 무릅쓰고 부왕 곁에 당도하여 왕자로서 인정을 받는다.

　서로 간의 '다름'을 받아들이자 이렇게 다짐을 하며 내 자리로 돌아왔다. 앉자마자 전화가 울렸다. 고객이었다.

　혼자 사는 젊은 여성인데 야리야리한 목소리로 상품 전달 과정에서 기사가 자신에게 욕도 하고 협박 비슷하게 해서 무섭다고 하며 어떤 조치를 취해 달라는 애절한 신고였다. 나도 딸 가진 아빠라서 그런지 그 어린 처자에게 무척 미안함을 느끼고 "알겠습니다." 하고 해당 기사인 '억울이'에게 난리를 쳤다. '억울이'가 말한다.

　"차장님. 그 여자 약간 정신이 간 애예요. 아주 악질이에요."
　"고객한테 그게 무슨 말이니?"
　"휴, 참 순진하시네. 이 문자 좀 보실래요?"

　문자: 야이 XX새끼야. 본사에도 신고했고 ○○에도 말을 했으니
　　　　너 이제 ○ 됐어.

　"어, 이게 아까 수화기에서 들리던 동정심을 유발한 목소리의 주인공이 날린 문자란 말인가?" 머리가 띵했다. '억울이'가 계속 말한다.
　"이 여자. 이 지역의 택배 기사한테 아주 유명해요. 완전 블랙컨슈머죠."
　"그래도 네가 뭔가 잘못을 해서 그렇겠지."

"하하. 고객이 항상 옳다고 말을 하고 싶겠죠. 제가 당한 몇몇 경우 한번 들어보실래요?"

> 그 사람과 같은 입장에서 서 보지 않았거든 그 사람을 비난하지 말라.
> 남의 입장을 충분히 이해한다는 것은 사랑의 첫걸음이다. -라마크리시나

32 고객은 언제나 옳습니다?

〈억지 주장〉

분유 배송이 지연되어 애기가 밤새도록 배를 곯았다고 난리를 친 고객이 있었습니다. 그 고객에게 눈이 많이 와서 어쩔 수 없이 배송이 지연되었지만 그래도 약속을 못 지켜 잘못했다고 사정을 했으나 그 고객은 정신적 피해 보상 등을 요구하면서 200만 원을 달라고 합니다.

〈거짓말〉

고객에게 배송할 여행 가방이 없어졌습니다. 고객은 거기에 고급 옷과 귀금속이 들어 있어서 500만 원 이상의 가치가 있는 상품이라며 빨리 보상을 해 달라고 호통을 쳤습니다. 큰일이라 생각했습니다. 그런데 다행히 다른 곳에서 그 상품이 나왔습니다. 그 안에는 그렇게 귀중한 물품은 없었습니다. 황당해하며 고객에게 가방에 있는 내용물을 말하니 "찾았으면 됐어요. 어서 갖다

주기나 하세요." 하며 아무렇지도 않게 전화를 뚝 끊었습니다.

〈모멸감〉

쌀을 배송하러 갔습니다. 고객이 문을 열고 저를 쳐다보지도 않으면서 저쪽에다 놓으라고 했습니다. 그럴 필요까지는 없었지만 고객 불만이 제기될까 봐 고객이 요구한 대로 해 주려고 신발을 벗었는데 발 냄새, 땀냄새 난다고 중얼거리며 코를 싸잡고 다른 방으로 들어 갑니다.

고객은 우리를 먹고 살게 해 줍니다. 그러니 우리는 고객에게 최대로 잘해 주어야 합니다. 그것은 분명히 맞는 말입니다. 그런데 인간은 감정의 동물입니다. 감정이 다치면 영혼이 병들죠. 왜 진상 고객들은 돈을 주고 서비스를 샀다는 핑계로 자신에게 유익함을 주는 힘없는 말단 서비스 제공자의 영혼에 상처를 주나요? 그럴 권리가 정말 있을까요?

상대방, 특히 약자를 존중해 주는 것이 인간적으로 당연히 해야되는 것이기도 하고 그렇게 하면 본인이 좀 더 좋은 서비스를 제공받을 수 있는 덤도 생깁니다. 고객은 언제나 옳다고 말할 수 있게끔 잠재 고객인 우리는 고객으로써의 예의를 지켜야 겠습니다.

또 비즈니스 측면에서도 와튼스쿨비즈니스 시리즈 중 고객지상주의의 함정에서 보면 고객이 항상 옳지 않다는 전제를 갖고 논리를 전개합니다. 기업 입장에서 보면 돈이 되는 고객과 그렇지 않은 고객과의 차별이 필요하다는 얘기죠. 물론 이것은 서비

억울이한테 미안함을 느끼면서 한쪽 편의 얘기만 듣고 판단해서는 안 되겠다는 믿음을 더욱 굳혔다.

억울이는 급한 목소리로 또 말한다.

"차장님, 시간 없어요. 나 출발해야 돼요."

"어, 그래요. 운전 조심하고 좋은 서비스 부탁해."

"좋은 서비스요? 아휴, 나도 그러고는 싶은데……."

억울이는 휙 차를 몰고 나간다. "나도 그러고는 싶은데……." 그 말이 이해는 된다. 지금의 배송원들에게는 상품을 고객에게 많이 갖다 줘야만 소위 말하는 '돈'이 된다. 2분에 1개꼴로 배송 완료가 되어야 기름값, 차 유지비 등을 빼고 약 300만 원 정도를 집에 가져갈 수 있다.(정말 베테랑만이 그렇게 배송할 수 있다.) 그러니 고객에게 서명을 받거나 사전 전화를 하거나 친절한 인사를 할 수 있는 시간적 여유가 있을 수 없다. 회사도 말로는 최고의 서비스를 외치지만 이러한 사정을 뻔히 아니 상품 누락 없이 배송하고 고객 불만 전화가 유입되지 않게만 하면 최고의 배송원으로 간주한다.

배송원들도 그들의 이익을 극대화하기 위해(배송을 빨리 하기 위해) 나름대로의 노하우가 있다. 일단 고객에게 말을 안 한다. 괜히 말을 하면 이것저것 물어 보고 그러면 시간을 뺏기기 때문이다. 고객이 집에 있어도 아파트의 경우 경비실, 소화전이 상품 배송처이다. 고객으로부터 상품을 전달했다는 사인 받기? 있기 힘든 일이다. 상품 배송하는 코스도 가급적 바꾸지 않는다. 긴급 서비스가 발생되어도 'BACK'은 없다. 효율성이 엄청 떨어지기 때문이다.

배송원들에게는 정말 시간이 돈이어서 배송의 효율을 높이기 위해 갖가지 방법을 다 동원한다. 주어진 시간에 집배송의 효율성을 높이는 방법은 곧 돈을 버는 지름길이기 때문이다. 그런데 그 빠른 길은 그 속도만큼이나 자신의 몸을 상하게 하고 주변 인간관계 단절을 초래하는 낭떠러지로 인도하는 외통길이다.

33 효율이 최고일까요?

장자는 "기계로 말미암아 인간이 비인간화가 된다. 기계를 사용하면 효율을 생각하게 되고 그렇게 되면 인간의 본성을 보존할 수 없다. 생명이 자리를 잃게 된다."고 했습니다.

마르크스는 노동의 소외 이론에서 "사회 구조상 먹고 살기 위해 노동에 집착하다가 보면 인간은 결국 톱니바퀴의 톱니 같은 존재가 되어 인간의 의식은 마비되고 인간성을 상실하게 된다."고 했습니다.

뭐든지 장점이 있으면 단점도 있습니다.

우리나라도 효율성을 근간으로 하여 이처럼 살기 좋은 세상을 만들었지만 그것 때문에 인간관계의 파괴로 자살률도 높아지고 행복지수도 오히려 낮아지는 등의 부작용이 상당함을 우리는 알고 있지 않습니까?

효율의 장점을 포기할 수 없겠지만, 인간성을 말살할 수 있을 정도의 지나친 효율성의 강조와 과도한 노동일에 대한 장자와 마르크스의 이 같은 문제 제기를 지금 이 시대에서는 다시 한번 되새겨 볼 필요는 있을 것 같습니다.

나도 누구보다도 기계적 효율성을 굉장히 중요시 여기는 사람인데 이번 기회에 다시 생각해 봐야겠다. 인간 관계를 토대로 구축된 효율성이 보다 효과적일 수 있을 것도 같다.

틀린 것이 아니라 다른 것

두 사람이 서로 다른 점을 각자의 타고난 개성으로 인정하지 않고 '틀린 점'으로 취급하는 순간, 상처가 자리잡기 시작한다. 처음 만났을 때의 마음처럼 '다르다'로 기쁘게 인정하자. 세월이 흘러 '다르다'가 '틀리다'러 느껴진다면 이전보다 꼭 두 배만 배려하는 마음을 갖자.

-최일도 '참으로 소중하기에 조금씩 놓아주기' 중에서

#제6장

💡 복권할 수 있을까?

　2월 말이다. 이곳으로 발령받은 지 벌써 4개월이 지났다. 아직도 좀 춥지만 곧 3월이고 봄이다.

　몸무게가 많이 줄었다. 얼굴도 매우 핼쑥해졌다고 한다. 확실히 새로운 곳에서 낯선 사람들과 어울리며 생소한 업무를 배우는 것은 힘들다. 하지만 뒤돌아 보면 잘 적응했다고 자평한다. 본사에 있으면서 단지 머리 속에서만 상상했던 현장의 업무 처리를 직접 해 보고 자세히 관찰해 보니 2% 부족한 그 무엇을 채운 것 같다. 이론만으로도 현장 감각만으로도 좋은 인재가 될 수 없다고 하는데, 그런 측면에서 지금 나는 참 좋은 기회를 잡은 것 같다.

　공자는 "학(學)이 사(思)하지 않으면 어둡고 사(思)하되 학(學)하지 않으면 위태롭다."고 했다. 배움(이론)은 실천되어야 하며 실천은 배움에 기초를 두어야 한다는 뜻이겠지. 그렇지 못할 경우에는 '아집'만 남는 것 같다. 학자는 자신의 이론과 부합되지 않는 현실을 인정하지 않고, 장인은 자기 기술(경험)에 반대되는 이론에 눈과 귀를 틀어 막는다. 주변 사람을 미치게 만드는 부류다.

　그런 이유로 현장 업무 경험이 나에게 중요한 자양분임은 틀림은 없는데, 현장 업무라는 것이 단순 반복적인 일이 상당 있어서 한두 번 해 보면 (내 입장에서는) 더 이상 할 필요성을 못 느낀다. 차장이라는 직급으로 이런 업무를 해야 하나? 라는 쓸데없는 자존심도 문제이고……. 하지만 동료들과의 동질성을 유지하기 위해, 또 단순한 일이지만 현장이 원활하게 돌아가려면 누군가는 꼭 해야만 하는 일이기에 "난 더 이상 배울 것이 없으니 안 하겠소."라고 할 수 없었다. 그럼에도 불구하고 짜증이 밀려온다. 봄이라는 계절적 요인도 있는가? 무기력에 빠진 것 같다.

34 무기력에 빠진 것 같습니다

왜 사람은 무기력에 빠질까요? 그 일을 함에 있어 흥미로움, 성취욕을 잃어버려서일 것입니다. 동일 업무가 반복될 때, 아무리 노력해도 발전이 없을 때, 그 방면에 너무 전문가가 되어 더 이상 새로운 것이 없다는 자만심으로 가득 찰 때 등등 수많은 이유가 우리를 무기력하게 만듭니다.

사람이 무기력에 빠지면 일단 그 일을 회피하면서 게을러집니다. 그러면서도 양심은 있어서 "해야 되는데 어쩌지?"라는 심리적인 죄책감에 휩싸이게 되죠. 이것이 초기 단계입니다. 초기 단계에서 발전되면 심리적인 부담은 퇴색되고 더 이상 그 일에 관심을 가지려고 하지 않으면서 그 대신 엉뚱한 곳에 열정을 쏟아부어 결국 경영자는 사업에 실패를 하고, 조직장은 구성원에게 뒤통수를 얻어 맞으며, 실무자는 현실을 비관하며 불평불만과 불만족에서 벗어나지 못하게 됩니다.

일단 찾아오면 쫓아내기 힘든 무기력증. 어떻게 하면 무기력을 근처에도 오지 못하게 할 수 있을까요? 저는 '변화'라고 생각합니다. 흥미로움이 없어질 즈음 다시 열정을 불태울 수 있도록 자신이 처해 있는 환경의 변화 혹은 본인이 하고 있는 업무의 가치에 대한 생각의 변화를 강제한다면 무기력에 덜미를 잡히지 않을 수 있죠.

그러면 그 변화는 어디서 올까요? 자신의 의사와 상관없이 갑자기 외부에서 올 수도 있지만 그것은 아주 드문 경우이고 대부분의 변화는 본인 스스로가 만들어내야 합니다. 이것은 의지와도 관계가 있는 것 같습니다. 사람은 흥미가 떨어졌어도 현재에 안주하려는 습성이 있어 그 나태함을 극복하려면 불편을 감수하겠다는 큰 결단을 내려야 하기 때문이죠.

무기력에 빠진 직장인이라면 새로운 업무를 하겠다고 자원하거나 아니면 전근 요청을 하세요. '환경의 변화'를 주는 것입니다. 그런데 만약 어쩔 수 없이 지루한 그 일에서 벗어날 수 없다면 그 업무가 얼마나 중요한지 다시 생각해 보세요. 매일매일 내가 하는 사무실 청소로 쾌적한 환경이 유지된다든지, 매일매일 밥을 하고 설거지를 함으로써 우리 가족의 건강을 유지한다든지 말입니다. 즉, '생각의 변화'를 줘 보세요.

어때요. 좀 나아졌나요? 어떤 이유든 나태함은 극복되어야 합니다. 여유로운 삶은 권장할 만하지만 무기력은 삶을 훼손하는 해충 같은 존재이기 때문입니다.

무기력의 영향인가? 심리적으로도 지금 난 평상심을 유지하지 못하고 있다. 특히나 며칠 전에 공석이 된 어느 조직장 자리에 내 동기가 보임된 사실을 알고 더 그렇다. 나는 혹시 회사에서 이렇게 버려지는 것이 아닌가? 자꾸만 조바심과 불안감이 엄습한다.

35 조바심, 불안감이 엄습합니다

조바심을 유발하는 그 일이 생각나지 않게 자신이 좋아하는 뭔가에 집중하세요. 산책, 영화, 등산, 글쓰기, 운동 같은 것들이 되겠지요. 하지만 아무리 그 일을 생각하지 않으려 하여도 문득 문득 급습하는 원초적 불안감은 떨칠 수는 없을 겁니다. 그럴 때 아래와 같은 글귀를 생각해 봅시다.

"그 일이 되지 않아도 살아날 구멍이 있다."

"산 입에 거미줄 치지 않는다."

"진인사 대천명"

"느리게 사는 즐거움"

멋있는 말이지만 우리의 뇌와 심장은 이 격언을 쉽게 받아들이지 못합니다. 정말 많은 경험과 의식적인 노력을 통해서만 이 말의 진정한 의미를 이해하며 급박한 상황 중에 불안, 초조해하는 자신을 통제할 수 있게 되죠. 그렇게 되려면 연습을 해야 합니다. 어려운 일이 닥칠 때마다 이 격언을 중얼거리며 평상심을 유지하려는 연습 말입니다.

인생을 살다 보면 "이것 아니면 안 되는데……"라는 일들이 무수하게 많이 일어납니다. 그럴 때마다 조바심, 불안감에 휩싸인다면 삶 자체가 피폐해질 수밖에 없습니다. 다 때가 있습니다. 기다림은 필수입니다.

아! 또 도움이 되는 말이 있습니다.

"지금 내가 하는 걱정의 90% 이상은 실제로 일어나지 않는다."

우리가 느끼는 두려움은 대부분 머릿속에서 만들어 낸 창작품입니다.
그걸 깨닫지 못하는 것 뿐이죠
　　　　　　　　　　　　　　　　　　-로랑 구넬 『가고 싶은 길을 가라』 중에서

정신적 피곤함이 몰려 왔다. 눈을 감았다. 하나, 둘, 셋, 하며 숫자도 세어 보고 규칙적으로 숨을 내쉬었다 들이마셨다도 해 본다. 그러면서 생각한다.

'조바심 내지 말자. 좀 더 기다릴 수 있는 마음의 여유를 가져야 한다. 자칫하면 오르페우스처럼 된다.'

36 조바심으로 발생된 비극 - 오르페우스 이야기

리라 연주의 달인 오르페우스를 아시나요? 그는 음악의 신 아폴론의 아들로서 그의 연주와 노랫소리는 살아 있는 동물뿐 아니라 식물 심지어 생명이 없는 바위까지 감동시킬 정도였다고 합니다. 젊은 시절 아르고호의 모험에 참가해 노랫소리로 사람의 혼을 빨아들여 마침내 죽음으로 내모는 세이레네스를 리라 연주로써 방어막을 형성하여 배가 무사히 빠져나올 수 있었다는 무용담도 있죠.

비극의 시작은 새색시인 아내의 죽음에서부터 시작됩니다. 오르페니우스는 정말 사랑스러운 여자 에우리디케를 만나 결혼했는데 그만 그녀는 며칠 만에 숲 속에서 독사에게 물려 히데스의 세계로 가게 되었습니다. 너무나 슬퍼한 나머지 방랑하다가 결국 이렇게는 살 수 없다며 아내를 되찾기 위해 저승 세계로 찾아갔습니다.

거기서 스틱스의 강 뱃사공 카론, 지하 세계를 지키는 머리 셋 달린 개 케르베로스, 심지어 저승 세계의 왕 히데스와 그의 아내 페르세프네까지 그의 리라 연주로 감명시켜 고초 끝에 그의 아내를 되찾을 수 있게 되었습니다.

그런데 조건이 있었습니다. 지하 세계를 빠져나가기 전까지 절대 아내를 보기 위해 뒤를 돌아보지 말라는 것이었지요. 그는 당연히 약속했고 아내의 손을 잡아 자신이 앞장을 서 이제 한두 발만 가면 저승의 문턱을 넘을 수 있을 즈음이었습니다. 다 왔다는 생각에 아내가 잘 따라 왔는지 궁금했던 그는 그만 힐끗 뒤를 돌아보았고, 그 순간 아내는 어두운 지하 세계로 다시 떨어져 버렸습니다.

1초만 조바심과 불안감을 극복했더라면 그는 다시 사랑했던 아내와 남은 인생을 행복하게 살 수 있었을 겁니다. 그런데 그 1초를 참지 못해 그는 영원히 아내를 볼 수 없게 되었고 결국 그는 방랑하다가 술에 취한 여인네들에게(그녀들은 오르페우스에게 청혼했다 거절당했다고 합니다.) 돌을 맞고 죽게 됩니다.

조바심, 불안감은 이런 비극도 만들어 냅니다.

〈백성들이 일하는 것을 보면 항상 거의 다 이루려 하다가 실패한다.
마치기까지 신중하기를 시작처럼 하면 실패할 일이 없다.〉

생뚱맞지만 오르페우스가 논어의 경구를 미리 알았더라면 아내를
무사히 구할 수 있지 않았을까, 라는 다소 우스운 생각으로 맹한 미
소를 짓고 있을 때 옆 동료가 "무슨 일 있어요? 어휴, 그냥 밥이나 먹
으러 갑시다."라고 말한다. 명상이 깨졌다.

"아, 그래요. 벌써 점심시간이네." 하고 응답했지만 지금 당장은 혼
자 있는 시간이 더 필요할 것 같았다. 같이 갈 의향이 없음을 얘기하
자 "혼자 밥 먹게요? 난 혼자 밥 먹느니 차라리 굶는데……. 그리고
보면 차장님은 혼자 있는 것을 좋아하는 것 같아요."라고 한다.

혼자 있는 걸 좋아하는 것 같다고? 맞다. 난 혼자 있는 시간을 간
혹 즐긴다.

31 혼자 있기 싫어요

사람은 사회적 동물이라고 합니다. 혼자 있으면 외로움을 느끼
다 못해 심한 두려움도 느끼는 것 같습니다. 범죄자들도 징계 중
독방 처분을 제일 두려워한다고 하니 맞는 얘기인 것 같습니다.
그런데 여러 무리 속에 있지만 나 혼자 덩그러니 남아 있는 것

같은 경험을 한 적이 혹시 있지 않나요? 혼자 삶을 살기가 싫어 결혼을 했지만 이상하게 허전함을 느낀 적은 없으신가요?

저는 혼자 있을 줄 알아야 한다고 생각합니다. 항상 무리 속에 있으려는 사람은 누군가에게 기대는 마음이 너무 큰 것이고, 그 기대는 대부분 실망으로 이어집니다. 또한 언제나 내 옆에 누군 가가 있을 것 같지만 그 사람과 영원히 같이 있을 수는 없습니다.

외로움, 고독을 즐길 줄 알아야 하고 그 속에서 자기 자신을 찾을 수 있어야 합니다. 누군가가 말했듯이 인생은 홀로서기입니다. 그리고 홀로서기를 하려면 정립된 자아가 필요한데 그것은 혼자 있는 시간에 대부분 형성됩니다. 갓난아이가 그러하듯이.

> 생각의 영역의 위대한 결정, 획기적인 발견과 문제해결은
> 오로지 고독 속에서 일하는 개인에게만 가능한 것이다.
>
> —지그문트 프로이드

카뮈가 생각난다. 그가 새로 해석한 신화 시시포스 이야기도……

38 홀로서기의 대가 – 시시포스 이야기

철학자 카뮈는 시시포스 이야기를 인간의 삶과 연계시켜 세상의 부조리 속에서 또 인간의 한계 속에서 그것을 극복하기 위해 최대한 노력을 하는 삶이 진정한 자아를 찾아가는 과정이라고

주장했습니다. 왜 이런 해석이 나오는지 신화의 내용을 소개해 보겠습니다.

시시포스는 지혜가 있고 슬기로워서 인간의 입장에서는 가장 현명한 사람, 신이 보았을 때는 마뜩잖은 인간으로 평가되었던 사람입니다. 그런 그가 제우스가 강신 아소포스의 딸 납치 사건을 목도하고 누설함으로써 미움에 미움을 더해 죽음의 사신 타나토스를 맞이하게 되었습니다.

그는 재치로 죽음의 위험을 순간 모면하였으나 폭력적인 아레스가 투입되자 순순히 저세상으로 끌려 갔죠. 하지만 그는 또 한 번의 지혜를 발휘하여 마치 「별주부전」에서 토끼가 용왕 앞에서 용왕이 필요한 나의 간은 지상 나무에 있으니 나를 다시 데려다 주면 간을 가져다 주겠다고 한 것처럼 시시포스도 아직 이승에서 나의 장사를 지내지 않고 있으니 그것만 해결하고 다시 오겠다는 간청을 하고 저승에서 풀려났습니다. 그러나 토끼가 육지에 도달하자마자 도망갔듯이 시시포스도 이승에 오자마자 얼굴 빛을 달리하며 저승 가기를 거부했죠. 그 후 시시포스는 계속된 저승의 부름이 있었지만 무시하고 천수를 누리며 행복한 삶을 살았다고 하네요.

하지만 인간은 죽을 수밖에 없어 결국 명계로 갔고, 그는 신을 속였다는 이유로 저승에서 커다란 바위를 산꼭대기로 밀어 올리는 벌을 받았는데, 그 바위는 정상 근처에 다다르면 다시 아래로 굴러 떨어져 다시 밀고 올라가는 수고를 영원히 되풀이해야 한다고 합니다.

어찌 보면 카뮈가 이 신화를 재해석하기 전에는 인간의 나약함을 상징하는 이야기로 소개되었을 것 같습니다. 하지만 카뮈는 가혹한 벌 자체를 부조리로, 정상에 도달하면 자연스럽게 떨어지는 무거운 바윗돌을 인생으로, 시시포스를 역경을 극복하려는 인간으로 비유하여 결국 부조리를 극복하는 자랑스러운 인간의 삶의 모습이 그런 것이라는 해석을 내놓았죠.

그런데 돌이 밑으로 굴러 떨어질 때 언덕 아래로 홀로 내려가는 시시포스를 상상해 봅시다. 그는 홀로 터벅터벅 내려가면서 무슨 생각을 했을까요? 아마도 그가 홀로 걸어가며 이런저런 상념에 빠질 수 있었기 때문에 그 영원한 형벌을 지금도 감당해 내고 있는 것이 아닐까요? 사람은 혼자 있을 수 있어야 좀 더 성숙한 사람이 되는 것 같습니다.

홀로 이 조바심의 급습을 어떻게 하든지 방어하려는 나 자신이 불쌍해 보였다. 몇 달 전, 팀장과 '한판' 한 것이 후회가 되었다. '제길, 내가 무슨 영광을 보려고 회사를 위한다는 명목으로 내 주장을 굽히지 않고 윗사람들과 마찰을 피하지 않았을까?' 팀장이 좀 마음에 안 들더라도 거짓 웃음을 지으면서 참았다면 지금 이런 심적 괴로움은 없었을 텐데…….

39 자꾸 그때 일이 생각나요

'후회가 밀려옵니다. '공부를 열심히 했어야 했는데…….' '당시 고백을 했으면?' '그때 좀 참을걸.' 모두 과거를 돌리고 싶어하는 말들입니다.

삶은 어찌 보면 후회의 연속인 것 같습니다. 그런데 후회에도 종류가 있음을 아시죠? 가슴속 깊이 묻는 후회, 상당 기간 내 행동에 영향을 주는 후회, 금방 잊어먹는 후회 등등. 어떤 것이든 지나간 일에 대한 반성은 현재 혹은 미래에 자양분이 된다는 점에서 우리 인생에 도움이 됨은 확실합니다.

안타까운 것은 후회의 늪에서 벗어나지 못하는 사람들이 상당수 있다는 사실입니다. 아마도 평생의 한이 될 만한 일에 대한 후회이겠지요. 이해는 됩니다. 그런데 이 후회는 자양분이 아니라 독극물이 되어서 사람을 무기력에 빠지게 하고 움츠러들게 하며 나태하게 만들죠. 빨리 빠져 나와야 합니다.

백 번 후회해도 되돌릴 수 없습니다. 그리고 인생 새옹지마입니다. 당시는 잘못했다고 생각한 일이 오히려 잘한 것일 수 있음을 눈만 크게 뜨면 도처에서 찾아 볼 수 있습니다.

살 수 있는 기간은 한정되어 있습니다. 후회하다 보낸 시간, 세상과 굿바이할 때에 또 후회 할 것입니다. 후회하다 시간을 다 보냈다고 말입니다. 지금의 당신 후회처럼……

그래, 후회하면 뭘 하나. 그래도 지금 강단 있는 삶을 살고 있지 않는가. 인생에서 중요한 것은 명예, 자존심 뭐 이런 것 아니겠어?

그런데 내가 신입사원 때 부장으로 정년퇴직을 하신 팀장의 조언이 생각난다. 앞으로 회사 생활을 할 때 '자신의 소신대로 할 것이냐, 아니면 윗사람의 주장도 받아들이며 융통성 있게 생활할 것이냐'의 선택을 해야 한다고 했다. 본인은 자신의 소신대로 살아서 후회는 없지

만 부장으로서 회사 생활을 마감한다는 조언을 곁들이면서 말이다

그래서 그런지 나 자신에게 화가 난다. 후회 차원은 아니고 순간적인 화를 참지 못한 나의 부족한 참을성 때문에……

40 화는 참을 수 있습니다

고대 철학자이며 네로 황제의 스승이기도 한 세네카의 책 『화에 대해서』의 핵심 내용 입니다.

• 화를 내는 목적이 무엇인가? 그냥 화를 내는 미친놈 아니고 서야 대부분의 경우는 잘못의 교정이 목적이다. 만약 그것이 목적이라면 굳이 성마른 화를 내지 않아도 되지 않을까?"

• 화를 내는 이유는 누가 나에게 위해를 가하거나 혹은 나를 올바르게 처우해 주지 않아서 그렇다. 또 누군가의 모함에 내가 넘어가서 그를 경계하게 되고 못마땅하게 생각하다가 결국 불같이 화를 낸다.

• 화를 내지 않을 수 없다. 최대의 방법은 화를 유예하는 것이다. 거울을 보는 것은 도움이 된다고 한다. 하지만 항상 거울을 볼 수는 없는 일이니 마음속의 거울을 이용하든지 아니면 머릿속에 화를 내지 말자고 세뇌를 하든지 여하한의 방법으로 순간적인 악마의 손길에서 벗어나야만 한다. 일단 유예가 되면 사람은 정상적인 판단을 할 수 있는 소중한 기회를 잡을 수 있다. 대부분의 경우 그렇게 화를 내지 않고 충고나 뼈가 있는 가벼운 농담을 건넴으로써 넘어갈 수 있을 것이다.

- 순간적인 화를 참지 못할 리가 없다. 네로 황제가 당신을 조롱했다고 해서 화를 낼 수 있을까? 만약 그렇게 한다면 당신은 황당한 죽음을 맞이하거나 자신의 지위, 명예, 혹은 재산을 모두 다 내놓아야 할 것이다.
- 화를 피하기 위해서는 심적으로 넉넉한 친구를 사귀어라. 감당할 수 없는 일은 하지 마라. 건강을 유지해라.
- 누구나 죽는다. 당신이 그렇게 잘못되기를 희망하는 사람이 죽기 전에도 당신이 죽을 수 있다. 그런데 왜 쓸데없이 아까운 시간을 남 잘못되는 데 허비하는가? 차라리 웃고 넘기고 인생을 즐김이 더 현명하지 아니한가?

화를 참을 수 있어야만 평생 후회할 실수를 하지 않습니다. 특히나 직속 상사에게 화를 내는 것은 미친 짓이나 다름없습니다. 유배를 당하거나 진급이 안 되거나 그만둬야 하는 불이익을 감내한다면 드릴 말씀이 물론 없습니다.

화를 내지 않는 온화함이 덕이라면 논어에서도 "덕은 외롭지 않다. 반드시 이웃이 있게 마련이다."고 했다.

부드럽게 말하자

딱딱하게 굴면 손님이 끊긴다.
딱딱한 이빨보다는 부드러운 혀가 오래 살아 남는다.
무엇이든 부드러워서 나쁜 것은 없다.
흙도 부드러워야 좋다. 겉흙이 딱딱하면 물과 공기가 흙속으로 잘 스며들지 못한다. 속흙이 딱딱하면 뿌리가 뻗는데 힘을 너무 소모해 나무가 잘 자라지 못한다.

-이완주 '흙을 알아야 농사가 산다' 중에서

#제7장

💡 현장 동료들과의 대화 2

후배 직원인 '기대기'가 또 나에게 다가온다. 이제는 그가 나에게 오는 게 겁난다. 내가 처음 여기 왔을 때 다른 사람들보다 훨씬 더 나에게 친절을 베풀어 줘서 고마운 마음에 그가 힘들어하는 기획 업무 몇 가지를 대신 해 주었더니 이제는 좀 까다로운 보고서를 작성해야 하는 업무만 생기면 나를 찾는 것이 아닌가? 역시 현장에 있는 친구들은 본사에서 근무하는 직원들보다 기안 능력이 현저히 떨어진다는 것은 어쩔 수 없었다. 내가 현장의 실무 업무를 잘 모르듯 말이다. 어쨌든 처음에는 부탁조였는데 지금은 당연히 내 업무인 양 갖고 온다.

45 어디까지 해 줘야 할까?

회사 동료의 업무가 많아 좀 도와주었습니다. "미안해" 하며 또 부탁을 해서 나도 정말 힘들지만 겨우 짬을 내서 거들어 주었습니다. 그런데 또 요청을 하는 것입니다. 또 힘들게 해 주었습니다. 결국에는 내 일이 되더라고요. 이런 경우 당해 보셨죠?

애들에게도 마찬가지입니다. 빵을 사 달라고 한 조카에게 "그것만 사는 거야."라는 다짐을 받고 사 주었습니다. 울먹이며 음료수도 사 달라고 합니다. 어쩔 수 없이 사 주었습니다. 그랬더니 과자도 사 달라고 울며불며 난리를 치는 게 아니겠습니까. 결국에는 과자, 캔디, 초콜릿까지 다 사 주었습니다.

착한 일을 하면 복을 받아야 하는데 어찌하여 선의로 도와준 일이 불행의 화살이 되어 자신한테 다시 날아올까요? 서글픈 현실입니다. 어쨌든 마음이 연약하고 우유부단한 사람들은 세상에서 닳고 닳은 사람들, 혹은 자기만 아는 이기적인 사람들에게 이처럼 이용당하는 경우가 많습니다.

어떻게 극복해야 할까요? 일단은 본인이 해 줄 수 있는 한계를 명확히 정해야겠습니다. 그리고 "더 이상은 안 돼. 이건 너의 일이야." "이제는 사 줄 수 없어."라는 말을 거울을 보며 연습하세요. 가끔 얼굴에 화난 표정도 지으면서 말이에요. 마음이 약한 사람들은 이처럼 모진 말을 못하는 경우가 매우 많기 때문입니다. 충분히 연습을 하셨습니까?

저기 나를 이용하려는 불로소득자들이 또 부탁 아닌 강요를 하려고 합니다. 연습한 대로 거절하세요. 그러면 그들은 나의 단호함에 짐짓 당황해 할 것입니다. 어떤 사람은 쉽게 포기할 것이나 대부분의 사람은 "그럴 수 있느냐"며 화를 낼 것입니다. 이때에 '그냥 해 줄까?' 하는 마음의 흔들림에 넘어가지 마십시오. 눈을 질끈 감고 더 단호한 목소리로 "더 이상은 안 돼. 이건 너의 일이야." 혹은 "이제는 사 줄 수 없어."를 다시 반복하세요. 그러면 순진한 여러분은 이제 해방입니다. 더 이상 도가 넘은 부탁을 들어줄 필요가 없습니다. 행복함과 통쾌함을 느낄 것입니다.

오해하지 말아야 할 것은 배려를 적당히 해 줘야 한다는 의미지, 배려하는 마음을 원천 봉쇄하라는 의미는 절대 아닙니다.

냉정히 거절했다. 그가 머리를 긁적거리며 "이건 안 해 본 건데……. 잘못하면 엄청 창피당하는데……. 어이구!" 하며 뒤돌아갔다. 좀 미안했다. 부드러운 어조로 그에게 한마디 건넸다.

어렵다고 불평하는 것보다 작은 촛불을 하나라도 켜는 것이 더 낫다. -공자

"그러니까 한번 해 보라고. 누군들 처음부터 잘하나? 처음에는 맨 땅에 헤딩하면서 배우는 거지. 항상 도와주는 사람이 있는 건 아니잖아. 일단 해 봐요."

42 나 이거 안 해 본 건데

아이들은 칭찬받기를 좋아합니다. 칭찬을 받으면 기분이 고조돼서 오버 행동하는 경우가 많죠. 칭찬은 고래도 춤추게 한다, 라는 책도 있듯이 칭찬은 아이들에게도 성장의 모티브가 되는 것 같습니다. 실제로 미국의 심리학자 로젠탈과 교육학자 제이콥스는 실험을 통해 공부를 잘할 거야, 하고 기대를 받는 아이가 그렇지 않은 아이들에 비해 성적이 월등히 좋아짐을 증명하기도 했습니다. 기대는 곧 인정이고 인정은 칭찬을 내포함을 의미하니 결

국 같은 조건이면 칭찬을 받느냐, 못 받느냐의 차이가 아이들의 학습 성취에 있어 상당한 영향을 줌을 알 수 있는 거죠. 따라서 어려서부터 칭찬을 많이 받는 아이들은 어른이 되어 성공할 확률이 더 많다고 볼 수 있습니다.

그런데 문제가 있습니다. 칭찬만 받고 자란 아이들은 자칫하면 칭찬받지 못할 짓은 아예 시도조차 안 하려는 경우가 있다는 것입니다. 그래서 잘하는 것만 하려고 하고 새로운 분야에 대해서는 애써 모르는 척하여, 즉 실패를 통한 성장을 거부함으로써 오히려 '우물 안 개구리'가 될 수도 있다는 겁니다. 마치 어린아이가 편식으로 인해 심각한 영양실조에 걸리듯 말입니다.

이러한 성향의 아이들은, 심지어 어른들조차도 그들의 입에서는 "나 이거 안 해 본 건데……."라는 말을 달고 삽니다. 그리고 그 일을 피하지요. 못한다는 놀림 받음을 무서워하면서 말입니다. 좋습니다. 어떤 일은 그런 이유로 안 할 수 있습니다. 그런데 이것도 저것도 처음이어서 잘 못한다는 핑계를 대고 계속 회피한다면 그들은 삶은 어떻게 될까요? 정말 온실 속의 화초가 되어 풍전등화 같은 삶을 살아야 할 것입니다. 잘 알다시피, 해 보지 않은 일이라고 또 잘 못하는 일이라고 평생 안 하고 살 수는 없지 않습니까? 지금 세상은 의학의 발달로 100세까지도 산다는데…….

자신의 인생을 최대로 자유롭게 살려면 많이 알아야 하고, 많이 알기 위해서는 새로운 것을 익히려는 도전 자세가 필요합니다. 모르면 주변 사람 누구에게든지 의지해야 하는데 그렇게 기대며 사는 삶은 결국 혼이 없는 꼭두각시 삶과 다름이 없죠. 삶이 불편해지는 것은 말할 것도 없고요.

　말씀드리고자 하는 핵심은 무슨 일이든 "나 이거 안 해 본건데. 못하면 창피한데."라는 소심한 마음을 떨쳐 버리고 "처음 하는 거니까 더 열심히 해야지. 잘못되면 어때?"라는 과감성을 가져야 한다는 것입니다. 철학적으로 보면 바로 그것이 진정한 자아를 찾아가는 과정입니다.

　그래서 삶의 철학자 몽테뉴도 말했습니다. "아무도 한 적이 없는 것을 해 보아라."

> 두려움은 인간 본성의 한 부분이다. 용기는 두려움이 없다는 뜻이 아니다. 두렵긴 하지만 한번 해보자는 마음으로 포기하지 않고 도전하는 것이 용기다. 무엇보다 해내겠다는 의지가 중요하다.　-칼리 피오리나

　사실 후배 직원 '기대기'가 작성해야 할 보고서는 나도 떠넘기고 싶을 정도로 힘든 업무다. 내가 신입사원 시절에 그 과업을 처음 할 때 너무나 힘들어 죽고 싶은 마음이 들 정도였다. 그런데 당시 무슨 자존심인지 '나는 할 수 있어!'라는 믿음으로 누구에게도 도움을 청하지 않았다. 결국 기한 내에 보고서 제출도 못 해서 팀장한테 속된 말로 '개박살'이 났었다. 직원 '기대기'의 문제가 '과한 의존도'라면 나의 문제는 '할 수 있다는 과도한 신념'이었다.

43 나는 할 수 있어

　학창 시절 때 1등을 하기 위해 몰려오는 잠을 떨쳐내면서 죽을

등 살 등 열심히 공부했던 기억이 있을 겁니다. 군인 시절, 유격 훈련 기간에 신체적 힘듦을 정신력으로 극복하기 위해 안간힘을 다했을 겁니다. 여성분들이라면 날씬해지기 위해서 배를 움켜지고 정신이 핑 돌 정도로 다이어트를 했겠지요. 다 성공했나요? 어떤 것은 성공했고, 또 다른 것은 실패했을 겁니다.

그렇다면 실패한 사유가 무엇이었나요? 대부분 의지 부족일 겁니다. 1등을 못한 이유도, 유격 훈련에서 낙오한 사유도, 다이어트에 실패한 원인도 결국은 의지 부족입니다. 자신의 내적 능력을 최대한 끌어올리는 '나는 할 수 있다'라는 믿음이 약해서이지요.

이 말에 동의하신다면 당신은 좋은 의미에서는 긍정적이고 적극적인 삶을 사는 분이고, 나쁜 의미로는 자기 스스로 자신에 대한 착취를 강요하는 피곤한 삶을 사는 분이라고 할 수 있습니다. 왜냐고요? 사람은 할 수 있는 게 있고, 없는 게 있습니다. 보통 사람들은 타고난 재능을 갖고 태어난 천재들을, 그것도 노력하는 천재들을 우리의 수고로는 도저히 따라잡을 수가 없습니다. 본래 폐활량이 적은 사람들에게 "노력해라. 그러면 마라톤도 뛸 수 있다. 넌 할 수 있어."라고 해도 할 수 없습니다. 그 사람만 잡는 거죠.

그렇지 않다고요? TV 휴먼 다큐멘터리나 영화에서 신체적, 정신적 어려움을 극복한 인간 영웅들은 도대체 뭐냐고요? 그런 사람도 있습니다. 하지만 일부 아주 소수이죠. 예외 없는 법칙이 없듯이 말입니다. 대부분의 사람들은 그렇게 대단하지 않습니다. 안 되는 것은 안 되는 거죠.

하지만 오해하면 안 됩니다. 도저히 해도 안 되는 것에 대해 괜히 스트레스 받지 말라는 것이지 조그마한 어려움에도 포기하라는 말은 절대 아닙니다. 본인은 알고 있습니다. 정말 내가 해도 안 되는 것이 무엇인지, 그리고 또한 본인은 알고 있습니다. 정말 최선을 다했는지…….

여기서, 제가 드리고 싶은 말은 정말 최선을 다했어도 안 된 일에 대해서는 자신을 책망하지 말고 '그렇구나' 하며 탁탁 털어버릴 수 있어야 한다는 것입니다.

그때 참 충격은 받았었다. 내 자신감은 땅에 떨어졌고 얼마간 자괴감에 빠졌었다.

'정말 창피하다. 최선의 노력을 다했는데 그것을 결국 못 해 내다니. 아휴. 난 능력이 부족한가 보다.'라며 큰 한숨을 쉬었었다.

44 아무리 노력해도 안 되네. 흑흑

"야! 이거 너무하다. 정말 열심히 했는데 이 점수밖에 안 나오다니." 학창 시절에 이런 절망감에 빠진 적이 있었을 겁니다. 하늘이 원망스럽고 자기 자신도 너무 한심해 보여 충격 속에서 며칠을 보내게 되지요. 그러고는 화난 마음에 다음부터는 그 시험을 아예 포기해 버리기도 합니다.

노력해도 안 되는 이유를 개인적으로 세 가지 꼽습니다. 첫째, 능력의 부족. 둘째, 운의 부족. 셋째, 노력의 부족입니다.

평범한 내가 나름대로 최선을 다해 열심히 공부했다고 해서 천재들만 간다는 민사고에 입학하기는 쉽지 않습니다. 능력 부족이죠. 나는 사법고시도 쉽게 패스할 수 있을 정도로 실력이 출중한데 시험만 보면 답을 밀려 쓰거나, 시험날 교통사고가 나서 매번 미역국을 먹습니다. 운이 없는 거죠. 이처럼 능력과 운이 부족하면 아무리 열심히 노력해도 자신이 원하는 바를 성취하기 어렵습니다. 사실상 거의 불가능하죠.

만약 당신이 그런 처지에 있다면 빨리 인정하고 다른 방법을 강구하는 것은 절대 창피한 일이 아닙니다. 그런데 문제는 성공을 못 한 원인이 실제로는 자신의 노력 부족인데 놀랍게도 많은 사람들은 선천적으로 물려받은 재능 부족을 탓하고 불행이 나를 가로막아서 번번히 실패한다고 확신하며 부모를 책망하고 하늘을 원망한다는 것이지요.

얼마나 노력하셨나요? 주관적으로 말고 객관적으로 봐야 합니다.

시험 공부를 하는 사람이라면, 실제 공부 시간을 계산해 보세요. 세 시간 자면 합격하고 네 시간 자면 떨어진다는 말이 있음을 명심하면서요.

발명하고 창조하는 분이라면 얼마나 많이 실험을 했는지 되돌아 보세요. 에디슨은 전구 필라멘트를 만들기 위해 2천여 번의 실패를 겪었다고 합니다.

취업 시험에서 계속 낙방하시나요? 입사하기 위해 얼마나 많은 원서를 냈는지 세어 보세요. 요즘은 사람, 직종, 업종마다 다르겠지만 보통 괜찮은 회사에 입사하기 위해서는 10~20번 정도 면접을 본다고 합니다.

어떠신가요? 당신은 성공을 위해 정말 '최선의 노력을 다했다'

고 자신 있게 말할 수 있습니까? '나름대로 최선을 다했다'는 말은 사실 의미가 없습니다. 직장인에게는 매일 1시간씩 공부하는 것도 정말 최선을 다한 것일 수 있죠. 하지만 그렇게 공부하고 고시 패스를 기대한다면 어불성설입니다.

객관적으로 최선을 다했는지 여부의 확인 - 포기하기 전, 누구를 원망하기 전에 한번 더 짚고 넘어가야 할 것입니다.

열정은 노력의 어머니이며 열정 없이는 위대한 것을 성취할 수 없다.
인생은 단 한번 뿐이다. 무사안일하게 사는 것보다는 이 세상에서 무슨 일인가를 한번 이루기 위한 모험을 시도하는 것이 우리의 인생에 걸맞다.
　　　　　　　　　　　　　　　　　　　-프랭클린 델러노 루스벨트

피가 마를 만한 노력(기도)으로 원하는 바를 얻었던 신화 속의 한 남자가 불현듯 생각난다.

45 꿈은 이루어진다 - 동화 같은 이야기 피그말리온의 사랑

피그말리온 이야기는 간절히 기도하고 최선의 노력을 다하면 불가능하게 보이던 일이 가능해지는 경우도 있음을 보여주는 예쁜 신화입니다.

피그말리온은 요즘 말로 독신주의자였었습니다. 여성이 나그네에게 몸을 파는 장면을 목격한 그는 여자에 대해 좋지 않은 감정이 생겨 결혼을 생각지도 않았다고 하네요. 하지만 사람은 사랑을 누구에게든 줘야 하는 본성이 있는지라 그는 자신의 뛰어난 조각 솜씨를 발휘하여 상아로 여인상을 만들고 그녀를 애지중지 하였습니다.

그러다 결국 나르시스가 물가에 비친 자신의 모습을 보고 사랑에 빠지듯 그도 그 여인상과 사랑에 빠져 그 조각상이 정말 사람이 되어 자신과 평생을 같이했으면 좋겠다는 간절한 마음이 생겨났다네요. 그러던 중 아프로디테 축제일을 맞이하여 그는 정말 최선을 다해 간절히 그 소원을 여신에게 빌었습니다. 얼마나 최선을 노력을 다해 기도했는지 피가 마를 정도였다고 합니다. 그래서 그의 이름이 피그말리온이 되었다는 우스갯소리도 있습니다.

소원은 이루어졌습니다. 사랑의 아프로디테 여신은 조각상에 생명을 불어넣어 주었고, 신들의 축복 속에 그들은 결혼을 했다고 합니다.

정말 동화 같은 이야기이죠. 피가 마를 정도로 노력하면 대부분의 소원하는 모든 일은 이루어지는 것 같습니다.

분명히 '기대기'도 그 보고서를 작성하기 위해서는 피가 마를 정도의 노력을 해야 할 것이다. 다음번에 또 도움을 요청하면 좀 힌트를 줘야겠다.

옆에 있던 '몰염치'가 영업소 여직원에게 호되게 당하고 있는 것 같았다. 웬만해서는 얼굴이 붉어지는 그가 아닌데 이게 무슨 일인가?

"아니 그건 내 잘못이 아니야. 난 최선을 다했다구."

"거짓말 말아요. 내가 다 알아봤어요. 어쩜 매번 그렇게 뒤통수를 쳐요?"

한비자가 말하기를 교묘하게 남의 눈을 속이는 것보다 옹졸한 성심이 낫다고 했던가? 제대로 걸린 듯싶었다. 하지만 괜히 몰염치인가? 공격을 시도한다.

"그래서 어쩌라구. 마음대로 생각해." 하며 전화를 끊어 버린다. 그러면서 태연히 인터넷 서핑질을 한다.

참 그는 부끄러움이 없는 것 같다. 몰염치의 DNA는 어떨까? 하하. 몰염치DNA로 구성되었겠지. 에드워드 윌슨에 따르면 DNA의 목적은 생존이라고 한다. 그래서 철학적 주제인 인간의 본성이 원래 선인지 악인지를 따지는 것은 무의미하다고 못 박는다. 단지 인간은 DNA의 생존 본능 때문에 선하기도 하고 악하기도 하다는 것이다. 즉, 욕망, 식욕, 성욕, 이성 등 모든 것은 단지 살아남으려는 DNA 활동 결과라는 의미지. 참 거시기하다.

어쨌든 몰염치의 생존 방법은 몰염치인가 보다. 그리고 보면 몰염치만 그런 것은 아니지 않는가? 우리는 부끄러움을 잃어버린 지 오래인 것 같다.

46 부끄러움

맹자는 부끄러움을 모르면 인간이 아니라고 했습니다. 도를 넘는 억지, 거짓말, 탐욕, 이기적 언행. 부끄러움을 자아내는 것들입니다. 그런데 문제는 '도를 넘는'을 어떻게 객관화하느냐 입니다. 사실 부끄러움을 느껴야 하는 경계선을 수치화할 수 없습니다. 그래서 각각의 상황에 대해 각자의 기준으로 한정된 경우에 '내가 너무 했나?'라는 불편한 감정을 받아들입니다.

그런데 부끄러운 감정도 이기적이라는 것을 아시나요? 부끄러움도 생존의 법칙을 따른다는 사실 말입니다.

새치기하는 행위, 부끄러운 행동이죠. 하지만 같은 상황이라도 어떨 때는 하고 또 어떨 때는 안 합니다. 줄 서 있는 사람들이 모두 아는 분들, 특히 직장 상사들이라면 절대 새치기하지 않습니다. 하지만 그들이 한 번 보고 말 사람들이라면 창피함을 무릅쓰고라도 몰염치하게 새치기를 하지요. 그렇지 않나요?

억지 주장도 마찬가지지요. 그 주장을 하면서 얻은 유익과 손해를 사람은 본능적으로 고려해서 부끄러움의 감정이 발하기도 하고 쇠하기도 합니다. 인터넷에서 험악한 댓글로 상대방의 가슴을 아프게 하는 행위도 마찬가지입니다. 만약 그 사람을 안다면, 어떤 이해관계가 있다면 과연 그렇게 할 수 있을까요?

적절한 시기에 부끄러움 알게 해주는 것은 결국 사람과의 관계인 것 같습니다. 인간은 사회적 동물이기 때문에 '관계'를 중요시하지 않을 수가 없죠. 특히나 지속적인 관계가 형성되는 곳에서는 더욱 더 그렇습니다. 따라서, 사람은 '주변 사람과의 원만한 관계'를 고려하면 부끄러운 짓을 하지 못한다는 결론을 내릴 수 있겠습니다.

어, 그렇다면 사람이라면 당연히 부끄러움을 느껴야 할 때 전혀 그렇지 못한 사람들에게 '이때는 창피해야 되는데'를 굳이 강요할 필요가 없을 것 같습니다. 단지 사람과의 관계는 당신의 생존에 직결되며 그 엮임은 어떠한 형태로든 간에 당신과 맺어질 수 있음을 명확히 알고 있게 하면 될 것 같습니다.

부끄러움을 알아야 나도 당신도 인간다운 삶을 영위할 수 있습니다.

그런데 몰염치 같은 친구들이 아주 많아지면 어떻게 될까? 집단적 타락 증후군의 현상이 나타나게 되어 있다. 집단적 타락 증후군이란 유명인의 부정이나 추락에 대해서 안타까워하는 마음 대신에 고소함을, 또한 부정에 대하여 분노를 느끼거나 추락에 대하여 연민을 느끼기보다는 '잘됐네' 하며 좋아하는 증후이다. 즉, 모든 사람들이 놀부가 되는 것이다. 우리 주위에 놀부 같은 사람만 있다고 생각해 보자. 끔찍하다.

몰염치도 아직 어려서 그렇지 조금만 더 살다 보면 지금 자신의 생존 방식이 너무 저차원적임을 알게 될 것이다. 척추동물에서는 사람이 무척추동물에서는 개미가 지구를 지배하고 있는데 그들의 공통점은 바로 협동이다. 협동은 몰염치가 아니라 배려와 자기희생이 있어야 가능하다.

몰염치도 여러 사건을 겪고 주변 사람들의 삶도 보면서 자신의 처세술이 문제가 있음을 분명히 인식하고 마음가짐의 변화를 꾀할 것이다. 사람들을 보면서 인식한다고? 보고 배운다는 뜻이다.

〈그래서 묵자께서 말씀하기를 "옛말에 이르기를 '군자는 물은 거울로 삼지 않고 사람을 거울로 삼는다'고 했다. 물을 거울 삼으면 얼굴을 볼 수 있을 뿐이지만 사람을 거울로 삼으면 길흉을 알 수 있는 것이다."〉

참 의미심장한 말이 아닐 수 없다. 그런데 사르트르는 '타인은 지옥'이라고 했다. 다른 사람의 눈치를 보며 사는 삶은 지옥 같다는 뜻이다. 맞는 말임을 이미 살펴보지 않았던가. 쉽지 않다. 인생의 선배들이 남긴 글의 핵심을 정확히 이해하며 산다는 것은 말이다.

실수를 과장하지 마라

단지 실수 한 번 했다고 당신 인생 전체가 실수가 되는 것은 아니다.

-조제트 모스바허

자신만의 한계를 극복하라

매사 뜻대로 되지 않았고 뭔가를 시작해도 대개는 실패로 끝났다.
그래도 얼마 남지 않은 가능성에 기대를 품고 애오라지 그늘 속을 걷고 하나를 거머쥐면 이내 다음 목표를 향해 걷기 시작하고 그렇게 작은 희망의 빛을 이어나가며 필사적으로 살아온 인생이었다.

-인도 다다오(현존하는 세계 최고의 건축가 중 한명)

#제8장

☀️ 출근길에 생긴 일

좌우를 두리번거렸다. 새벽 이른 시간이라서 그런지 차가 없었다. 큰 사거리라서 다소 부담되기는 했지만 과감히 신호 위반을 했다. 오늘은 내가 아침 당직이라 빨리 회사에 가야 한다는 강박관념이 신호등의 빨간불을 파란불로 만들어 버린 것이다. 게다가 이렇게 이른 새벽에 '괜찮겠지'라는 도덕적 해이도 좀 있었던 것 같고……. 으, 그런데 이게 뭔가. 뒤에서 번쩍번쩍 빛을 뿜으며 경찰차가 내 차를 세우는 것이 아닌가? 새벽 5시에 신호 위반으로 딱지를 끊었다. 이렇게 재수 없을 수가…….

47 정말 난 재수가 없어

저도 재수가 없습니다. 제 주변에도 "난 재수가 있어"라고 말하는 사람은 거의 없습니다. 아마도 여러분 주변에도 마찬가지일 겁니다. 그런데 이상한 것은 우리가 보기에는 저 사람은 재수가 있는 사람인데 그 사람 자신은 그렇게 생각하지 않는 것 같다는 겁니다. 왜 그럴까요?

자기 스스로 돈이 많다고 하는 사람은 드뭅니다. 돈을 많이 벌든 적게 벌든 씀씀이가 틀리기 때문에 누구에게나 항상 돈은 부족합니다. 즉, 객관적 기준으로 보면 부자인데 자기 기준으로 보면 자신이 부자인 줄 모르는 거죠.

'재수 있다, 없다'도 이와 마찬가지 아닐까 합니다. '재수'의 사전적 의미는 재물이 생기거나 좋은 일이 있을 운수입니다. 따라서, 여기서 재수 있는 사람은 내가 원하던 것 즉, 재물이든 좋은 일이든 그것을 갖고 있는 사람을 지칭한다고 보면 나에게 없는 그 무엇을 저 사람이 갖고 있다면 그 사람은 재수 있는 사람이죠.

그런데 우리는 이것도, 저것도 갖고 싶은 것은 참 많은 사람들입니다. 이렇게 욕심 가득한 눈으로 보면 이 사람은 이것을 갖고 있으므로 재수 있는 사람, 저 사람은 저런 행운을 잡았으니 재수 있는 사람, 그 옆에 있는 사람도 마찬가지가 되어서 결국 자기 빼고 다른 모든 사람들은 모두 재수 있는 사람으로 보이는 것입니다.

그런데 이게 맞나요? 아시겠지만 틀립니다. 왜냐하면 같은 논리로 이 사람도, 저 사람도, 그 옆에 있는 사람도 그들이 못 가진 것을 내가 갖고 있다면(반드시 갖고 있습니다) 그들은 재수 없음이 확실한 나를 운수 있는 사람으로 착각하기 때문입니다.

부자가 부자인 줄 모르듯 대부분의 사람들은 자신이 재수 있는 사람인 걸 모르고 삽니다. 또 한번 묻습니다. 왜 그럴까요? 아마도 자신이 갖고 있는 것은 당연하다고 치부하고 그 가치를 평가절하해서 그럴 겁니다. 자신이 갖고 있는 그것은(건강하다는 것, 가족이 있는 것, 잠을 잘 잔다는 것 등) 당신이 부러워하는 상대방이 그렇게 갖고 싶어하는 것임을 모르면서. 당신은 그래도 재수 없는 사람인가요?

찬송가에 "받은 복을 세어 보아라."라는 가사가 있습니다. 믿음의 여부를 떠나 우리 한번 받은 복을 세어 봅시다. 분명 의미 있는 일이라고 생각됩니다.

봐 달라고 사정을 했다. 급한 일이 있어서 그랬다고. 경찰이 단호한 표정으로 말한다. "여기서 사고 나면 즉사할 수도 있어요. 이 큰 사거리에서 어떻게……. 어휴!"

할 말이 없었다. 딱지를 끊었다. 그리고 생각했다.

'맞다. 나와 같은 사람이 이 큰 사거리에서 급한 일이 있다는 이유로 빠른 속도를 유지한 채 신호를 위반하고 횡단했다면 아마도 내 차와 그 차가 부딪쳐 분명 큰 사고가 났을 테고, 그러면 나는? 아침에 급하게 샌드위치 먹다가 죽은 샐러리맨도 있다고 하던데 나도 비슷한 꼴 날 뻔했다.'

식은땀이 났다. 죽음의 공포가 밀려왔다.

48 죽음이 무서워요

죽음이 무섭지 않는 사람이 있을까요? 도를 닦는 분들도, 천국에 갈 것이라고 확신하는 분들도 죽음은 두려운 손님일 겁니다. 그런데 우리는 왜 죽음을 두려워할까요? 우선 본능적으로 무서워합니다. 생명이 있는 모든 것은 원래 죽음을 비켜가려고 갖은 노력을 다 하지요. 또 다른 이유로는 삶에 아쉬움이 남아서 그렇다고 생각합니다.

　노인분들은 조금 더 살면서 손주에 증손녀까지 보고 싶은 욕심으로, 젊은이들은 하고 싶은 일, 해야 할 일이 많은데 그냥 꺾어지는 것이 말로 표현하지 못할 정도로 너무 아쉬워서 그렇고, 어린 자식이 있는 사람들은 앞으로 그들이 부모 없이 홀로 어렵게 살아가는 것을 상상하기도 싫어서 죽음을 두려워하지요. 이와 같이 누구나 다 생에 대한 집착의 이유가 있습니다.

　하지만 어쩔 것입니까? 왜 꽃다운 나이에 죽는지, 왜 지금 죽어서는 안 되는 사람이 세상과 하직하는지 도무지 알 수 없지만 사람은 누구나 다 영원히 잠듭니다. 받아들여야죠. 받아들이고 살아 있는 동안 아쉬운 일, 후회스러운 일을 최대로 줄이려고 노력해야겠습니다. 죽을 때 후회할 일이 적다면 그렇지 않은 사람보다 덜 억울하고 덜 슬프고 덜 두려울 테니까요. 하루하루를 열심히 살아야겠습니다. 언제 우리가 죽음의 문턱에서 저승사자를 만날지 모르니 말입니다.

　역설적으로 죽음은 신의 선물이라는 말도 있습니다. 무슨 엉뚱한 말이냐고요? 생각해 보세요. 누구나 고단한 일과 후에 간절히 숙면을 원하잖아요. 인생은 좋은 날보다 슬픈 날이 훨씬 많은 고행의 길임을 아는 사람에게는 죽음은 너무나 기다려지는 꿀맛 같은 휴식이기도 한 것입니다.

　죽음을 반기는 사람들이 또 있죠. 소크라테스의 말을 빌리면 철학자들이랍니다. 그들은 죽음이라는 것은 신성한 영혼이 현세적인 육체에서 분리되어 신의 세계로 가는 유일한 방법으로 인식하고 당당히 그것을 받아들이죠. 천국이 있음을 확신하는 종교인들처럼 말입니다.

또 달리 생각해 보면, 죽음은 인간에게 있어서 호랑이 선생님인 것 같습니다. 호랑이 선생님은 학교에 있는 동안 학생에게 가르침도 주고, 엄격함으로 우리들이 잘못된 행동을 하지 않도록 강제하면서 마침내 정해진 시간이 되면 사랑하는 부모님이 있는 안락한 집으로 귀가하게 해주니까요. 이런 시각에서 본다면, 죽음을 너무 무서워만 할 필요도 없을 것 같습니다.

그렇다. 그렇지만 인간에게 있어서 죽음은 공포임은 틀림없다. 또 그렇지만 죽음을 당당히 맞아들이는 사람들 역시 많음도 사실이다.

49 죽음을 맞이하는 여러 사람들의 모습

- 장자의 아내가 죽자 장자는 친구가 문상을 왔다. 그는 때마침 다리를 쭉 뻗고 앉아 질동이를 두들기면서 노래를 부르고 있었습니다. 친구가 질책하자 장자 왈 "들어보오. 처음에는 슬펐지만 가만히 생각해 보니 아내는 원래 생명이 없었던 것이었소. 지금 다시 변화하여 죽은 것인데, 이는 춘하추동 계절이 변하듯 자연의 이치로 아내는 다시 천지라는 거대한 방에 편안히 잠들게 된 것인데 어찌 슬퍼할 수 있겠소.
- 죽음을 앞둔 화담 서경덕이 제자에게 "죽고 사는 이치를 안 지가 오래라서 마음이 편안하다."고 답한 까닭은 무엇일까요? "기가 모이면 사물이 되고 다시 사물이 소멸하여 흩어지면 태

허의 상태로 돌아가는 것"의 이치를 깨달았기 때문이라고 합니다.

- 플라톤의 대화 중 파이돈 편에 나와 있는 소크라테스가 죽음을 맞이하는 상황에서 한 말. "죽음은 자유롭고 귀한 영혼이 악의 원천인 육체에서 자유로워지는 아주 기쁜 일이네. 왜냐하면 영혼은 불사이기 때문이야. 사람은 모름지기 조용히 죽는 것이야. 조용히, 그리고 의젓하게."

- 젊은 처자를 두고 암으로 죽은 젊은이가 살아생전에 고뇌하며 결국 죽음을 받아들이는 말, "먼저 가고 나중에 갈 뿐이다. 단지 그뿐이다."

- 사느냐 죽느냐 그것이 문제라고 했던 햄릿은 죽음에 대하여 이렇게 말했습니다. "죽음은 지금 찾아오면 나중에 찾아오지 않고 나중에 찾아오면 지금 찾아오지 않는 거야. 그러니 마음의 각오가 중요해."

이런 생각을 하니 죽음의 공포에서 점차 벗어난다. 어쨌든 놀란 가슴을 쓸어내리면서 다시는 위반하지 말아야지 다짐을 한다. 그런데 속이 쓰려왔다. 아, 벌금. 상당한 벌금을 내야 한다. "아이구!"라는 곡소리가 저절로 났다. 하지만 곧 반문한다.

'차라리 벌금 몇만 원이 낫지. 사고 났으면 벌금과 비교할 수도 없는 더 큰 손해를 감수해야 했을 텐데 가래로 막을 거 호미로 막은 거잖아. 그러면 만족하고 고마워해야지 왜 투덜거리지? 그러고 보니 내가 너무 욕심을 부리는 것 같군.'

50 욕심은 끝이 없는 것 같네요

동물의 삶은 매우 단순합니다. 배고프면 사냥을 하고 배가 부르면 쉬지요. 배 속이 충만함을 느끼면 주변에 맛있는 고깃덩어리가 지나가도 그냥 놔둡니다. 인간이라면 어떨까요? 그냥 가게 내버려둘까요? 상상할 수 없는 돈을 가진 재벌들도 상속 문제로 법정 다툼을 하고 국회의원 몇 번을 한 사람도 또 하겠다고 공천 신청하고 반에서 1등 하는 학부모는 전교 1등 못 한다고 애를 닦달하는 상황인데 인간이 눈앞의 이익을 그냥 보낼 리가 있겠습니까?

욕심은 끝이 없는 것 같습니다. 본인을 보세요. 우리도 하나가 채워지면 또 하나를 원하고 그것을 갖게 되면 다른 것도 원하지요.

그런데 욕심은 나쁜 것인가요? 인간의 발전은, 개인의 삶의 향상은 사실 이 욕심 때문에 가능하게 된 것임을 인정해야 합니다. 국부론의 아담 스미스는 "우리가 고기를 살 수 있는 것은 푸줏간 주인의 이기심 때문"이라고도 하지 않았습니까? 인간의 이기심, 욕심은 역사를 발전시킨 원동력임은 틀림없죠. 보세요. 동물은 자기가 배부르면 지나가는 먹잇감을 그냥 보내서 지금도 수만 년 전과 똑같이 살지만, 인간은 욕심 때문에 그것을 잡아 저장하는 기술을 발전시키는 등의 노력으로 지금 만물의 영장이 되지 않았습니까?

문제는 지나친 욕심입니다. 지나친 욕심이 반드시 화를 불러일으킵니다. 이 사실 역시 거창하게 역사적 사례를 내세울 필요 없이 자기 자신의 경우를 보면 잘 알 수 있습니다. 쉬운 예를 들자면, 오르고 있는 주식을 쉽게 팔 수 있던가요? 내일은 더 오를 거야, 라는 기대와 탐욕으로 처분하지 못하는 게 사람의 욕심입니다. 그러다 쫄딱 망하죠. 혹은 죽기도 합니다. 그래서 기대 수익률을 먼저 정하고 그 수익률이 달성되면 뒤도 돌아보지 말고 팔라는 충고가 있는데(주가가 떨어질 때도 마찬가지) 그것이 쉽지 않음을 아시는 분은 다 아실 겁니다.

욕심을 조절하려면 어떻게 해야 할까요?

바람의 한계를 정합시다. 주식 거래를 할 때 기대 수익률에 도달하면 뒤도 돌아보지도 않고 팔아야 하는 것처럼 그 바람이 무엇이든 자신이 마음속으로 정한 선까지 왔을 때 멈출 수 있어야 합니다. 본인 스스로도 '이건 과한데'라고 느끼면 그때는 이미 늦은 것일 겁니다.

톨스토이의 '사람에게는 얼마만큼의 땅이 필요한가'에서 나오는 순진했던 농부가 만약 악마의 유혹을 떨치고 '이거 너무 왔구나'라는 생각이 들 때 걸음을 멈췄다면 그렇게 황당한 죽음을 피할 수 있었을 겁니다.

또 욕심의 멈춤을 공공선과 연결시켜 봅시다. 즉, 내가 욕심을 부림으로 해서 '누구에게 심각한 피해를 주는가, 아닌가' 이것을 판단의 잣대로 삼아 보자는 말입니다. 공공선이 침해를 받지 않는 바로 그 지점을 욕심의 한계로 본다면 보이지 않은 손이 상품의 적절한 가격을 결정하듯이 공공선의 준수는 자신에게 혹은 타인에게 최대의 이익을 가져다 줄 것입니다.

욕심을 조절할 수 있어야 합니다. 건전한 욕심은 인생을 성공으로 인도하지만, 자칫 그것을 제대로 관리하지 못하면 그 무엇과도 바꿀 수 없는 소중한 나 자신의 행복한 삶이 철저히 훼파될 수 있기 때문입니다.

지나친 욕심인가? 죽을 수도 있는 큰 사고를 사전 차단해 줬다는 대가로 지불해야 하는 벌금을 아까워하는 것이……. 잘 모르겠다. 하지만 사고도 안 나고 벌금도 내지 않으면 금상첨화 아닌가.

몸에 한 가닥 실오라기라도 감았거든 항상 베짜는 여인의 수고를 생각하고 하루 세 끼의 밥을 먹거든 매양 농부의 노고를 감사하라.   -미상

순간 법이 공정하게 적용되지 않는 것 같다는 생각이 들면서 속에서 뭔가가 확 올라오는 것 같다. 이 상황에서 분한 생각이 들다니 참 사람은 이기적이긴 이기적이다. 어쨌든 법이 공정하지 않음은 맞지 않는가. 유전무죄, 무전유죄. 슬픈 현실이다.

춘추전국시대를 통일한 법가의 사상가들이 지금의 무늬만 법치주의 시대를 보면서 자신들이 했던 말을 잘 좀 해석하라고 꾸짖을 것 같다.

〈법은 귀족을 봐주지 않는다. 먹줄이 굽지 않는 것과 같다. 법이 시행됨에 있어서 지자도 이유를 붙일 수 없고 용자도 감히 다투지 못한다. 과오를 벌함에 있어서 대신도 피할 수 없으며 선행을 상 줌에 있어서 필부도 빠트리지 않는다.〉

으! 화난다. 격노한 마음을 진정하기 위해 다시 마음의 울림에 귀

를 기울인다.

'에이, 벌금 내고 말자. 그거 안 내려는 것도 욕심이다. 그까짓 돈, 마다스를 생각하며 그냥 넘기자.'

51 과도한 욕심의 끝 – 마다스의 손 이야기

그리스 신화의 탐욕의 대명사는 마다스 왕입니다. 마다스의 손(영어로는 마이더스의 손)이라고 들어보셨죠. 그의 이야기는 욕심의 허무함을 시사하여 줍니다.

술의 신 디오니소스는 어느 날 술에 취해 있는 그의 스승을 후하게 대접한 마다스에게 사례로 소원을 하나 들어주기로 약속했습니다. 마다스는 즉시로 "자신의 손으로 만지는 모든 것이 황금으로 변하게 해 달라"고 간청했고, 디오니소스는 못마땅했지만 그 소원을 들어주었습니다.

마다스는 그의 능력을 시험해 보았습니다. 길 위의 돌멩이, 가로수의 나뭇가지, 들판의 보리 이삭 등 그가 만지는 것은 귀한 황금으로 변하는 것 아니겠습니까? 우쭐해진 그는 신하들이 모인 축하연에서 궁전 기둥을 만져 황금 기둥으로 만들어 주변 사람들의 부러움을 한몸에 받았습니다.

그런데 음식과 포도주를 마시면서부터 불행을 직감했습니다. 먹고 마실 수가 없었던 거죠.(그 당시에는 누가 먹여주지 않았나 봅니다.) 이 문제로 끙끙 앓던 중 외동딸 공주가 문병을 왔는데 너무 반가운 나머지 자신의 처지를 잊고 공주를 끌어안았습니다. 어떻게 되었을까요? 그 사랑스러운 공주도 황금으로 변하고 말았습니다.

황금 보기를 돌같이 하라는 말이 딱 들어맞는 신화인 것 같습니다. 그 후 마다스는 어떻게 했을까요? 디오니소스를 찾아가서 다시 원래대로 해 달라고 간청했죠. 진심으로 후회하는 마다스를 보고 디오니소스는 그 불행에서 벗어날 비법을 가르쳐 주었습니다. 저 강 원류로 가서 손을 씻는 것이 그 비법이었습니다. 비법대로 하자 손은 정상으로 돌아왔고, 그때부터 강에서 사금이 나오기 시작했답니다. 믿거나 말거나 말입니다.

〈욕망은 만족할 줄 모른다. 밑 빠진 독 욕망은 집착이 특징이므로 원하는 것을 얻지 못하면 그 자체가 피로움이다. 설사 원하는 것을 얻더라도 행복은 잠깐이고 얻은 것이 사라지지 않을까 두려워하고 불안해한다.〉

신문에 기고한 어느 스님의 말씀이 자꾸 뇌리를 맴돈다.

마음을 차분히 가라앉히고 조심스럽게 운전을 재개했다. 라디오를 켰다. 여러 명이 나와서 연예인들의 사생활에 대해 얘기를 하고 있다.

"연애를 해서 그런지 ○○ 씨 많이 예뻐졌어요."
"사랑하는 사람이 생기면 엔돌핀이 나와서 그런지 아름다워지죠."
"그것 때문만은 아닌 것 같아요."
"예? 아하!"

"요즘 강남역에 가면 비슷비슷한 미인 분들이 많은데 ○○양도 합류하신 것 같아요."

웃었다. 여자들의 아름다워지려는 노력은 정말 대단한 것 같다. 하기야 최근에는 남자들도 자신을 가꾸는 데 굉장한 관심이 보인다고 하니 바야흐로 전 국민이 美에 대해 열광하는 것 같다.

> 매력이 넘치는 얼굴을 너무 믿지 마라. 아름다움은 곧 사라지는 매력이다.
> —비르질리우스

이것은 사람에게만 국한되는 것 같지는 않다. 한때 서울은 디자인 열풍이 불어 여기저기 철거하고 예쁘게 꾸민다고 난리가 났었고, 쌈빡한 상품 디자인으로 성공한 애플을 벤치마킹하여 모든 기업이 상품의 기능보다는 보이는 모습에 역량을 집중하고 있으며 심지어 먹을거리도 그 트렌드를 따라가고 있다. 보기 좋은 떡이 맛도 있다는 속담이 딱 들어맞는 현실이다. 그런데 장미는 가시가 있고 독버섯은 예쁘다. 또 빛 좋은 개살구라는 말도 있다.

52 아름다움

한자 '美'를 분해해 보면 羊(양)+大(크다)의 합성어로, 해석하면 '양이 크다'입니다. 그러니까 메메거리는 양이 크면 이로움도 커지니 바로 그것을 아름답다고 한 것입니다. 또, 혹자는 美를 '알 만하다'로 해석하여 익숙한 거, 자주 보는 것 그런 것을 美라고 했다고 합니다. 처음에는 이상해 보여도 자꾸 보면 괜찮아 보이잖아요. 아름다움을 숙지성의 개념으로 이해한 거죠.

그러고 보면 '美'라는 개념에는 지금 우리가 생각하는 '예쁘다'와는 거리가 좀 있는 것 같습니다. 진정한 아름다움은 인간에게 이로움이 되거나 낯익어서 내 것 같은 모든 것을 지칭한 것이죠.

어쨌든 이 시대의 美는 이런 의미보다는 '보기에 좋다'는 말로 통용됩니다. 그리고 지금 우리들은 '보기 좋은 떡'에 열광하고 있습니다. 사람 얼굴도, 건물도, 사고 파는 상품도 모양을 예쁘게 하려고 갖은 수단을 다 동원합니다. 그래서 정말 세상은 아름다워졌습니다. 미남, 미녀가 거리에 넘쳐나고 예쁜 건물, 매력적으로 보이는 상품들로 꽉 채워져 있지요. 예쁜 것은 좋은 것이고 좋은 것은 사람을 기쁘게 하니까 세상이 아름다워진 만큼 삶도 행복해졌어야 합니다. 그런데 정말 그런가요?

논어에 "바탕이 문체보다 승하면(튀면) 거칠고 문체가 바탕보다 승하면 사치스럽다. 형식과 내용이 고루 어울린 후에야 군자이다. 군자는 본바탕이면 그만이지 무엇 때문에 글을 아름답게 꾸미겠는가."라는 글이 있습니다. 겉으로 보이는 아름다움보다 내용의 알참이 더 중요하다는 가르침으로 美의 허구성, 허위성을 지적한 글귀입니다.

공감되지 않나요? 얼굴이 예쁘다고 마음이 착한 것은 아니고 건물이 예쁘다고 공간의 활용성이 좋은 것이 아님을 충분히 경험해 보지 않으셨나요?

공자의 말을 다시 한 번 새겨야겠습니다.

라디오 주파수를 돌렸다. 아나운서가 좋은 배경음악에 맞춰 셰익스피어의 5대 희곡 중 하나인 「한여름 밤의 꿈」을 요약하고 그중 한 부분을 읽어 준다.

"퍽이라는 요정이 사랑에 눈이 머는 꽃즙을 잘못 뿌려 삼각관계로 얽혀 있는 남녀 두 쌍이 한여름 밤에 난리법석을 떨지만 결국은 서로서로 사랑하는 사람과 결혼식을 올리게 됩니다. 결혼식 후 첫날밤을 치르기 바로 전 막간의 시간을 활용해 그들의 여흥을 돋우기 위해 시종들이 여러 이벤트를 준비했는데, 아테네의 공작 시시어스가 이벤트 목록을 보면서 시종들이 추천하지 않는 제일 형편 없을 것 같은 연극을 최종적으로 선정하면서 하는 대사입니다."

여자 아나운서의 상쾌한 멘트가 끝나자 성우의 근엄하면서도 인자한 목소리가 들린다.

시시어스: 아무리 형편없는 연극일지라도 고맙게 봐 주면 그만큼 너그러운 일이 될 것이 아니오? 이들이 비록 실수를 한다 할지라도 즐겁게 봐주는 건 좋은 일 아니오? 비천한 이들이 충성심을 갖고 했지만 잘할 수 없는 것을 마음이 고귀한 사람이라면 그 노력을 높이 사주는 법이지. 내가 언젠가 대학자들의 초청으로 어느 곳을 간 적이 있는데, 한 위대한 학자가 준비해둔 환영사로서 나를 환영해 주려고 했었소. 그런데 그렇게 많이 준비했음에도 불구하고 몸이 떨리고 얼굴이 창백해지는 바람에 중간에 환영사를 그만두어야 했다오. 연습에 연습을 했는데도 겁에 질려 소리가 입 밖으로 나오지 않았지. 그러나 침묵 속에서도 나는 그의 환

영사를 들을 수 있었소. 두려움과 조심스러운 가운데 주어진 의무를 다하려는 그 공손한 태도 속에서 나는 나불거리는 세 치 혀가 토해내는 대담하고 오만한 웅변보다 더 많은 것을 읽어낼 수 있었소. 나의 살아온 경륜으로 볼 때, 말이 적을 수록 많은 뜻을 전하는 법이오.

참 대단한 문장력이다. 이 대사에 상대방(특히 약자)에 대한 배려도 있고, 최선의 노력이 중요하다는 교훈도 있고, 어눌하지만 참된 마음이 겉만 번드르한 말보다 더 값어치 있다는 가르침도 있고, 침묵의 강한 힘도 있다.

또 다른 구절을 읽는다. 이번에는 '뜻대로 하세요'라는 희극에 나오는 대화이다. 동생에게 권력을 찬탈당하고 아덴의 숲 속으로 쫓겨난 공작이 하는 말이란다.

노공작: 여보게들, 귀양살이가 어떤가? 이러한 생활도 차차 익숙해지니 저 궁궐에서 지내는 것보다 한결 낫지 않은가? 이 숲이 서로 험담만 일삼는 궁궐보다 위태롭지도 않고 계절의 변화를 직접 피부로 느낄 수 있잖은가 말이오. 엄동설한의 차가운 바람이 사납게 휘몰아쳐 살을 저미는 듯하고 온몸이 오그라들 정도로 춥다 해도 나는 웃으며 이렇게 말할 수 있지. '이건 신하들의 아부가 아니라 오히려 충정이다.' 역경이야말로 우리 인간에게 뭔가를 깨닫게 해준다. 옴두꺼비가 흉측하고 독도 뿜어내지만 머리에는 귀한 보석이 있지 않

소? 이렇게 산속에서 속세를 멀리 떨어져 살다 보니 나무들의 말을 듣고 흘러가는 개울물을 책으로 삼고 발에 채이는 돌멩이에서도 신의 가르침을 듣지 않소? 그러니 나는 이 생활에서 벗어나고 싶지가 않소.

시종: 공작님이야말로 무엇이 행복인지 깨달은 분이십니다. 냉정하고 무정한 운명을 이처럼 고요하고 멋진 인생으로 바꾸어 놓으셨으니 말입니다.

셰익스피어는 예언가라서 몇백 년 뒤에 벌어질 유배당할 내 처지를 미리 알고 위로의 말을, 충고의 말을 준비해 놓은 것 같다. 마치 제갈공명이 천 년 후 송나라 장군 조참이 그의 사당을 지나갈 줄 알고 백성을 해하지 말라고 비석에다 충고해 준 것 같이 말이다.

이 대사에는 역경을 긍정적으로 받아들여야 한다는 가르침과 생각을 달리하면 세상이 달리 보인다는 사실과 자연과 함께하는 삶의 중요성 이런 귀중한 가치들이 다 녹아 있지 않은가. 셰익스피어를 인도와도 바꾸지 않겠다는 영국인들을 이해할 수 있겠다.

저기 유배지가 보인다. 셰익스피어의 노공작처럼 내 맘속에서 유배지를 행복이 넘치는 천국으로 만들어야겠다.

지금 가진 것을 보라

나는 내가 가지지 못한 것을 보고 불행하다고 생각한다.
그러나 다른 사람들은 내가 가진 것을 보고 행복하리라 생각한다

-마리 라그랑주

#제9장

💡 퇴근길에 생긴 일

퇴근 시간이다. 오늘 아침 당직을 했고 집이 멀다는 이유로 좀 빨리 퇴근하는 행위가 이성적으로는 미안한 일이 아닌데 실제는 주변 사람들의 눈치를 엄청 봐야 하는 이유는 뭘까?

어쨌든 먼저 자리를 박차고 일어나 사랑하는 가족이 있는 집으로 향했다. 아침에 사고도 날 뻔하고 해서 차는 남겨 두고 대중교통으로 이동하기로 했다. 머나먼 여정의 시작이다. 20여 분 걸어가서 지하철 1호선을 탔다. 20시 전후여서 그런지 승객들이 별로 없다. 넉넉한 좌석에 앉아 주위를 잠시 두리번거렸다

지하철에서 사람들의 표정을 본 적이 있는가? 참 재미있다. 무표정한 얼굴, 피곤에 지쳐 있는 얼굴, 뭔가를 골똘히 생각하는 듯한 얼굴, 가끔 웃는 얼굴 등등. 저 사람들은 오늘 무엇을 하며 지냈기에 저런 표정을 짓는 걸까? 반대로 나는 무슨 표정을 짓고 있지?

그 얼굴들 중에 소설 한 권은 너끈히 나올 인생이 담겨져 있는 주름이 깊게 패인 할아버지, 할머니가 보인다. 할머니는 누구에게 받았는지 모르겠지만 선물 보따리를 보고 함박웃음을 짓고 계시고 그 옆의 할아버지가 할머니를 물끄러미 쳐다보고 계신다. 할아버지가 말씀하신다. "세상에 공짜는 없어." 이런, 할머니가 누구에게 뭘 선물 받았

는지 모르겠지만 저 연세에도 공짜가 없다고 말씀하다니 좀 당황스러웠다.

'세상에 공짜가 없다.' 정말 세상에 공짜가 없을까?

53 난 공짜가 좋아요

어린 시절 누구에게인가 '공짜는 없다'는 말을 들었을 때 도저히 이해가 되지 않았습니다. 할아버지, 할머니, 친척들에게 받는 용돈, 장난감 등은 그냥 얻었는데 왜 공짜가 아니라고 하지? 물음표를 항상 머릿속에 떠올렸었지요.

어느 정도 성장한 후에는 세상에 공짜는 없다는 사실을 당연히 여겼지만, 그래도 공짜로 무엇이 생기면 그 자체로 너무나 좋았습니다. 어쨌든 당장 경제적 부담 없이 가치 있는 것을 얻고 누군가가 나를 인정(대접)하는구나, 하는 생각에 어깨가 으쓱해지기 때문이죠. 그러다가 사람마다 맞닥뜨리는 시기의 차이는 있지만 공짜에 숨어 있는 악마를 보게 됩니다. 어떤 악마냐고요? 내가 하고 싶은 일을 못하게 하는 악마죠.

사람이란 '받으면 보답해야지'라는 본능에 충실한 동물입니다. 그 본능을 공짜라는 악마가 교묘히 이용하여 우리에게 부지불식간에 그에게 보답해야 한다는 강박관념을 형성시켜 정당과 부당의 경계선상에 있는 악마의 부탁을 가끔씩 들어주다가 결국에는 그의 의도대로 우리는 우리의 자유의지를 송두리째 빼앗기고 말죠. 공짜를 제공한 악마의 꼭두각시가 되는 것입니다.

이것을 아는 사람들은 철저히 공짜를 경계합니다. 매우 현명한 결정이죠. 그럼에도 불구하고 공짜가 좋다면 당신은 아직도 순수한 영혼의 소유자거나 혹은 어리석은 사람이라고 볼 수밖에 없습니다.

사람이 살면서 좋은 마음으로 선물을 주는 경우도 분명히 있습니다. 그런 공짜를 주거니 받거니 하는 세상은 그렇지 않은 사회보다 훨씬 사람 사는 정이 느껴짐은 당연합니다. 그러나 받지 말고 주도록 합시다. 주는 것이 받는 것보다 더 큰 행복과 만족감을 느끼게 합니다.

주라. 그리하면 너희에게 줄 것이니
곧 후히 되어 누르고 흔들어 넘치도록 하여 너희에게 안겨 주리라.
너희의 헤아림은 그 헤아림으로 너희도 헤아림을 받을 것임이라.
　　　　　　　　　　　　　　　　　-누가 복음 6장 37절~38절

내가 고심할 필요는 없는데 공짜가 뇌물이라면, 뇌물이 부정부패를 잉태시킨다면, 그것을 방지하기 위해서 어떻게 해야 할까? 갑자기 생각하고 싶어진다.

손쉬운 방법으로 규범, 처벌의 강화가 도움이 될 것 같다. 그런데 정말 그것으로 부적절하게 오가는 금품의 이동을 막을 수 있을까? 마치 교통법규를 위반하는 그 수많은 차량을 벌과금(교통딱지)으로 근절할 수 없듯이 부정부패에 대한 엄격한 법적용, 강한 처벌로도 마찬가지가 아닐까 싶다. 그물에 걸린 물고기처럼 정말 재수 없는 사람만 잡히는 것이라고 사람들이 생각할 뿐이다.

"규제는 규제만을 만들어 낸다." 맞는 말인 것 같다. 그럼 도대체 어쩌란 말인가? 공자 말이 생각난다.

〈덕으로 이끌고 예로 질서를 세우면 부끄러움을 알고 질서도 바로잡힌다.〉

정말 공자다운 말이지만 법으로 모든 것을 해결하려는 세상에서 다시 한 번 생각해 볼 가치가 있는 문구 같다.

잠깐의 상념에 빠진 덕에 벌써 내려야 할 역에 도착했다. 4호선으로 갈아타야 한다. 역과 역이 교차하는 지점에서 특히나 서울로 향하는 지하철을 타려면 서로서로 몸싸움을 아니 할 수가 없을 정도로 사람들이 많아진다. 실제 내 눈앞에 모래알같이 많은 사람들이 있지 않은가?

사람들 사이를 비집고 서울행 지하철을 겨우 탔다. 아이고 재수. 내 앞에 앉아 있던 학생이 자리를 비워 주는 것이 아닌가. 얼른 앉았다. 하루 종일 일하고 파김치 비슷하게 된 나는 앉자마자 스르르 눈이 감겼다. 그러다 어느 순간 눈을 잠시 떴다. 후회했다. 어르신이 앞에 계시는 것이 아닌가? 어떻게 해야 하나? 모른 척 다시 눈을 감을까, 아니면 양반답게 어른에게 자리를 양보해야 할까. 마음은 일어나고 싶은데 정말 피곤하고 다리가 아프다. 아 괴롭다.

> 나 자신의 인간 가치를 결정짓는 것은
> 내가 얼마나 높은 사회적 지위나 명예 또는 얼마나 많은 재산을 갖고 있는가가 아니라 나 자신의 영혼과 얼마나 일치되어 있는가이다.
> — 법정 '홀로 사는 즐거움' 중에서

54 노인에게 자리를 양보하게 말게

30대 중반~40대들이 대중교통을 이용하다 보면 난처함에 처할 때가 간혹 있습니다. 정말 피곤한데 방금 자리에 앉은 내 앞에 할머니가 서 있는 겁니다. 일어서야 하나 말아야 하나 심적 갈등이 일어나죠. 괴롭습니다.

그런데 80, 90년 때에는 사실 이것이 갈등을 일으키는 사건은 아니었습니다. 당연히 젊은이들이 일어나야 한다고 생각했기 때문입니다. 사회적 분위기가 그랬으니까요. 그런데 2000년 하고도 수십 년이 지난 오늘 날에는 어떠할까요? 역시 '일어날까 말까'의 갈등은 없는 것 같습니다. 당연히 안 일어나는 것이니까요. 이건 내 자리인데 왜 양보하냐는 식입니다. 노인 분들도 포기하고 웬만해서 앉을 생각도 안 하시는 것 같더라고요.

이것 말고도 보통 혹은 잘난 사람들이 사회적 약자를 배려하지 않는 모습들은 도처에서 찾을 수 있습니다.

선생님은 왕따를 당하는 학생을 보호해주지 않아 제자의 자살을 막지 못했고, 재벌들은 서민이 죽거나 말거나 문어발처럼 사업을 확정시켜 비난의 대상이 되었으며, 청각장애아들을 성폭행한 일명 '도가니 사건'이 온 나라를 들끓게 하였고, 지하철에서 괴롭힘을 당하는 여자를 주변 승객들이 도와주지 않아 끔찍한 일이 발생되었다는 사건이 보도되어 많은 사람들의 한숨을 자아내게도 하였습니다.

물론 도와주지 못한 이유도 있을 겁니다. "내가 먼저 앉았고 저

쪽에 경로석이 별도로 있지 않느냐?", "그 애가 왕따인 줄 내가 어떻게 아느냐? 학생이 몇십 명이나 되는데.", "자본주의 사회에서 우월한 자본으로 기존의 시장을 재편하겠다는데 뭐가 문제인가?", "교장, 교감 선생님들을 그깟 장애인들 때문에 매장할 수는 없지.", "괴롭히는 거 말리다가 내가 다치면 어떻게 하나?"

그들의 주장에 대해 수긍이 가는 점이 분명 있습니다. 그러나 그 이유로 그 사람들의 행동이 정말 아무 하자도 없다고 생각하지는 않으시겠죠. 논리적으로 그 행동들이 잘못됨을 일일이 열거할 필요가 여기서는 없습니다.

말씀드리려는 핵심은 사회적 약자가 배려받지 못하고 있는데 그것은 선사시대 때부터 있었던 일이지만 인간의 존엄성이 최고의 가치로 삼아지고 있는 지금에도 그 악습이 타파되지 못해 소위 말하는 악인뿐만 아니라 우리 같은 보통 사람들도 의식적으로나 무의식적으로 나보다 못한 사람을 괄시하고 업신여기고 무시하고 있다는 사실입니다.

여기에는 저도 포함되고 당신도 예외가 아닙니다.

왜 사회적 약자를 보호해야 할까요? 여러 가지 설이 있겠지만 저는 사회적 강자의 당연한 의무라고 생각합니다. 사회적 강자들은 자신이 잘나서 그렇게 된 것일까요? 그들은 그렇게 생각하고 싶겠지만 절대 그렇지 않습니다. 자신이 받은 재능과 부, 이 모든 우월한 것들은 모두 공통의 자산, 협력의 결과라고 생각합니다. "현대 사회의 인간관계는 지나치게 경쟁적이다. 내가 잘됐다는 게 꼭 내 능력 때문일까. 아침 밥상 하나에도 수많은 사람들의 땀이 들어 있다." 최근 발간된 『초협력자』라는 책의 문구에 전적으로 동의합니다.

만약 신이 있다면 그 신의 절대적인 판단하에 이 사람에겐 이런 능력, 저 사람에겐 저런 재능을 부여하고 함께 어우러져 살라고 했었을 겁니다. 그런데 교만하고 욕심 많은 인간은 이 명령을 무시하죠. 자신의 힘을 과시하려 하고 남을 억누르면서 그들의 지위를 유지하려 합니다.

역사는 말하죠. 아무리 강한 나라더라도 어느 때가 되면 반듯이 쇠퇴함을. 성경도 말하죠. 하나님은 교만한 자를 내치고 약한 자를 올려 쓰신다고.

갑자기 변합니다. 당신 당대에 변화지 않으면 후손 대에서라도 변화는 반드시 옵니다. 또 하나 정말 중요한 것, 사회적 강자는 기득권을 갖고 있는 사람만을 의미하지는 않습니다. 모든 사람이 다 해당되지요. 당신은 저보다 나은 점이 반듯이 있을 테니까요.

약자를 배려해야 한다는 당위성은 이런 권선징악적인 측면에서 말고도 사람의 본성과도 연관이 있는 것 같습니다. 남을 도와줌으로써 밀려오는 행복감을 느껴보셨죠?

노인에게 자리를 양보해야 할까요, 말까요?

일어났다. '젊음이 신에게서 부여받은 힘의 상징이라면 정의롭게 써야지' 하고 생각하면서……. 일어나 보니 화가 치밀었다. 내 옆에는 더 어린 처자가 눈을 동그랗게 뜨고 앉아 있는 것이 아닌가. '아, 저 애에 비하면 난 절대로 힘의 상징은 아닌데……'라는 생각이 들자 그 애가 너무 얄미워 보였다.

그런데 저 젊은 여자애, 약간 이상해 보인다. 뭔가를 고정적으로 처다보면서 골똘히 생각하는 모습에서 지금 뭔가 자신만의 세상을 창조하고 있구나 하는 생각이 들었다. 그러고 보니 그녀는 왠지 다른 사람의 말은 전혀 듣지 않을 것 같은 고집스러움과 남을 깔보는 듯한 눈빛을 내뿜는다.

55 혹시 난 혼자만의 세상에서 천재가 아닐까?

발명의 천재가 있었습니다. 무엇인가를 새로 만드는 것을 너무 좋아한 그는 연구실에서 계속 발명품을 만들었습니다. 전화기를 만들었고 TV도 발명했으며 자동차, 비행기 심지어 컴퓨터도 만들었습니다. 대단하지 않습니까? 그는 21세기인 지금 진공청소기를 만든다고 그 신성한 연구실에서 한 걸음도 나오지 않고 있습니다.

무엇을 말씀드리고 싶은지 아시겠지요? 세상을 모르면, 나 혼자만의 세계에 갇히면, 당신의 삶은 엉뚱한 일은 하는 데 그 대단한 재능, 그 소중한 시간을 낭비하는 것입니다. 아무런 효과도 없이 말입니다. 과연 이야기 속의 천재만 그럴까요? 혹시 우리는요?

자기가 살고 있는 시대에 충실하라.
아무리 뛰어나고 걸출한 인물도 자기 시대에서 벗어날 수는 없는 법이다.
　　　　　　　　　　　　　　　　　　　　　－발타자르 그라시안

다시 2호선으로 갈아타야 한다. 지하철역에 얼마나 많은 광고와 상점들이 들어섰는지 아는가. 환승하는 길이 멀더라도 짜증내며 가지 말라는 의미인지 여기저기 화려하면서 시선을 확 끄는 광고들이 곳곳에 있다. 그중에서 특히나 성형외과의 'before & after' 광고는 경이로움을 느껴질 정도다. 저렇게 바뀔 수가 있다니……

그리고 보면 사람들은 여자나 남자나 참 외모를 중히 여긴다. 선남선녀가 대접받는 사회임은 매스컴 및 칼럼 등을 통해 잘 알려져 있다. 면접 시험을 볼 때도, 같은 실수를 범했어도 잘생기고 예쁜 이들은 우대를 받는다. 〈미녀는 괴로워〉라는 영화도 있었지. 성형수술! 해볼 만한 것 같다.

56 잘 보여야 하는데 성형수술이라도 해 볼까?

주변 사람들에게 인정을 받느냐 아니냐에 따라 삶의 질은 급격히 달라집니다. 회사에서 같은 문서를 결재 상신하더라도 인정받은 사람의 문서는 바로 승인이 나고, 그렇지 않는 사람의 문서는 몇 번의 보류 후에 결국 부결되는 아주 조그마한 예를 보더라도 명확하게 알 수 있죠. 그래서 애들은 부모에게, 직원은 상사에게, 정치인들은 국민에게, 각각 자기 위치에서 자신에게 영향력을 미칠 수 있는 모든 사람에게 인정을 받으려고 최선을 다합니다.

어떻게 하면 인정받는 사람이 될까요? 그 분야에 최고의 전문가가 되어야겠습니다. '영어' 하면 개똥이가 생각날 정도로 자신의 실력을 확실하게 입증해야겠지요. 자신에 대해 홍보도 잘해야 할 것 같습니다. 독특한 광고 덕에 상품 판매가 잘되는 것처럼 말입니다. 또 무엇이 있을까요? 화제가 풍부하고 말 잘하는 사람은 통상 인정을 받으니 독서도 많이 하고 웅변학원도 다녀야겠습니다. 물론 체격 및 외모도 중요하니 운동도 하고 성형수술도 해야겠지요.

최고의 실력, 탁월한 이미지 메이킹 능력, 훌륭한 언변 및 준수한 외모. 맞습니다. 이 정도만 갖고 있어도 어디에 가서든 누구에게나 인정을 받을 수 있습니다.

그런데 좀 부족한 부분이 있다는 생각이 들지 않으십니까? 제가 보기에는 사람들에게 인정을 받기 위해 가장 중요한 요소 '신뢰'가 빠진 것 같습니다. 생각해 보세요. 내가 그 사람을 신뢰하지 못하는데 인정할 수 있을까요? 그렇지 않을 겁니다. 이런 부분적인 인정은 할 수 있죠. '그래, 저 사람은 이러이러한 것은 잘해.' 하지만 그게 전부입니다. 인정의 사전적 의미는 '확실히 그렇다고 여김'이므로 부분적, 단편적 인정은 진정한 의미의 인정이 아닙니다.

오해하지 말아야 할 점은 그렇다고 다 무시하고 신뢰만 있으면 된다는 말은 아닙니다. 예를 들어 실력은 없고 신뢰만 있으면 단지 좋은 사람에 지나지 않습니다. 무능하면 절대로 인정을 받을 수 없죠.

예로부터 身言書判을 사람을 선택하는 데 있어서 표준으로 삼았다고 하는데 아마도 여기에 한 글자가 생략된 것 같습니다. 너무 당연해서 말입니다. 다시 복원하면 '信 身言書判'이 되겠죠. 信이란 사람 인(人) 옆에 말씀 언(言)이 있는 회의 문자로 사람과 사람의 약속 혹은 신에 대한 맹세라는 엄격한 의미를 담고 있습니다.

인정받고 싶으세요? 우선 신뢰를 쌓도록 합시다. 그 후에 身言書判입니다.

신뢰에 대한 공자와 제자와의 대화가 생각난다.

〈정치란 경제, 군사, 그리고 백성들의 신뢰이다. 만약 이 세가지 중에 어느 하나를 버려야 한다면 군사이고, 또 하나를 버려야 한다면 경제이다. 예부터 백성이 죽은 일을 겪지 않는 나라가 없었지만, 백성들의 신뢰를 얻지 못하면 나라가 설 수가 없는 것이다.〉

이제 더 이상 갈아타지 않아도 된다. 앞으로 두 정거장만 가면 우리 집이 보인다. 우리 아내와 특히 눈에 넣어도 안 아플 것 같은 예쁜 딸의 얼굴이 아른거린다. 얼른 보고 싶다. 사실 그들에게 정말 미안함이 있다. 이곳으로 불명예스럽게 전근된 후 평일에는 아침 5시에 나와 저녁에는 10~11시 정도에 집에 들어가고, 한 달에 세 번 정도는 주말에도 출근을 해야 했으니 이제 집에서는 완전 나그네 취급을 받는다.

아내는 내 처지를 동정하고 주눅이 들지 않도록 많은 배려를 해 주었으나, 가끔 아빠 없이 혼자 애를 키우는 듯한 처량한 처지에 힘들어 하는 것 같다. 우리 애도 나를 참 많이 따랐는데 6개월 정도 이렇게 남남처럼 생활을 하다 보니 이제는 아빠와 같이 있는 상황에 다소 어색함을 느끼는 것 같았다.

가슴이 아려왔다. 확인해 보니 아직 잠을 안 자고 있다고 한다. 우리 딸. 이제 곧 볼 마음에 잔잔한 웃음이 지어졌다. 그런데 저 반대편에도 어떤 아빠가 그의 아내의 가슴에 안겨 있는 갓난 애를 정말 사랑스러운 눈으로 쳐다보고 있다. 마치 내 모습을 보는 것 같다.

하지만 조심해야 한다. 아이에 대한 지나친 사랑, 혹시 집착이 아닐지.

57 내 아이가 너무 사랑스러워요

사람은 무엇인가를 사랑하며 삽니다. 가족을, 친구를, 동물을, 자기 일을, 운동을, 자연을 사랑합니다. 특히나 자기의 분신인 자녀들을 너무나 사랑하지요. 특히나 한두 명밖에 낳지 않는 지금 시대에서는 자신의 아이가 정말 소중할 수밖에 없습니다. 그래서 올인합니다. 시간도, 돈도, 정신 및 육체적으로도 아이를 위해서 상당 부분 희생을 하죠. 우리의 가문을, 앞으로의 세상을 이끌어 갈 우리 피붙이가 우리의 희생을 먹고 잘 자란다면 더할 나위 없이 좋은 일이긴 합니다.

그런데 과유불급이라 했습니다. 지나침은 미치지 못함과 같다는 뜻입니다. 과도한 자식에 대한 애정 행각은 어쩌면 뭔가 허전한 나를 아이에게 집중함으로써 그 허함을 상쇄시키려는 것 아닐까요?

부부 관계가 좋은지, 이웃 혹은 친구들과의 만남이 한 달에 한 번이라도 있는지, 현재의 자신의 삶이 너무 한가롭지는 않은지, 한번 생각해 볼 필요가 있습니다.

말씀드렸듯이 사람은 사랑의 에너지가 넘칩니다. 그래서 그 사랑을 여기저기에 나누어 줘야 하죠. 그런데 어떤 이유로든 그 사랑이 한곳으로만 집중된다면 이는 마치 고기가 좋다고 그것만 먹고 나쁜 병에 걸리는 경우와 같이 불행한 일이 초래될 수 있습니다.

불행한 일이란 무엇일까요? 본인은 더 외로워질 것 같습니다. 그리고 삶을 풍요롭게 즐기지 못할 겁니다. 눈에 넣어도 안 아플 것 같은 아이는 버릇없이 자라나 주변 사람에게 사랑을 받지 못할 것도 같고요, 독립심도 없어 평생 당신에게 혹은 누구에게인가 의지를 해야만 살 수 있을지도 모릅니다. 또한, 자식에게 올인한 거의 대부분의 경우 부모와 자식과의 관계도 나빠집니다. 품 안의 자식이라는 얘기도 있듯이 어느 정도 머리가 굵으면 부모의 사랑을 귀찮은 간섭이라고 자녀들은 생각하니 말입니다.

아이를 사랑하되 집착하지 않도록 합시다. 특히 여자들은 더 명심해야 하겠습니다. 여자가 엄마가 되면 자기 자식밖에 안 보인다고 하더라고요. 그래서 자신의 행동이 아이에 대한 사랑인지 집착인지 구분을 못 한다고 합니다.

집착이 자신과 애를 망침을 명확히 인식한다면 특히나 자식이 잘되기를 바라는 부모들은 단연코 절제된 사랑을 해야 하겠습니다.

이렇게 생각하니 슬그머니 파이톤의 추락 이야기가 망각의 늪에서 빠져나왔다.

함께 있되 거리를 두라. 그래서 하늘 바람이 너희 사이에서 춤추게 하라.
서로 사랑하라. 그러나 사랑으로 구속하지는 말라. 그보다 너희 혼과 혼의 두 언덕사이에 출렁이는 바다를 놓아두라.
서로 가슴을 주라. 그러나 서로의 가슴 속에 묶어 두지는 말라. 오직 큰 생명의 손길만이 너희의 가슴을 간직할 수 있다.
함께 서 있으나 그러나 너무 가까이 서 있지 말라.
사원의 기둥들도 서로 떨어져 있고 참나무와 삼나무는 서로의 그늘 속에선 자랄 수 없다.

　　　　　　　　　-칼릴지브란 '사랑을 지켜가는 아름다운 간격' 중에서

58 자식을 사랑한 나머지 배려의 한계를 넘어서 생긴 아들의 죽음 - 파이톤의 추락

부모가 자식을 너무 사랑하여 끝없이 배려하면 자식을 죽음으로 내모는 것일 수도 있음을 보여주는 신화가 있습니다. 바로 파이톤의 추락 이야기입니다.

파이톤은 편모에서 자라다가 어머니한테 자신의 출생의 비밀을 듣고 아버지를 찾아갑니다. 아버지는 바로 태양신 헬리오스였습니다. 아버지가 없다고 놀림을 받던 그에게 있어서 아버지가 태양신 헬리오스이라는 사실 확인은 그 동안의 설움을 한순간에 날려버릴 수 있었을 겁니다.

그는 주체할 수 없는 기쁨에 해서는 안 될 부탁을 아버지에게 합니다. 아버지가 운전하는 태양마차를 몰고 싶다고 조른 거죠. 아버지는 안 된다, 그것만은 안 된다며 극구 거부했지만 아비 없이 자라게 한 미안한 마음도 있고 자식 이기는 아버지 없다고 결국 그는 아들에게 고삐를 넘겨 주고 맙니다. 물론 경고를 했습니다. "제발 너무 높게 날지도 말고, 너무 낮게 날지도 마라. 너무 높이 날면 하늘 궁전을 태울 것이요, 너무 낮게 날면 대지를 불태운다. 중간 길, 내가 지나간 바퀴 자국만 따라가거라."

아버지 헬리오스는 아들에 대한 과도한 사랑을 절제하지 못하고 허락해서는 안 될 것을 승인한 것이지요. 그 결과는요? 주인이 바뀐 사실을 안 태양마차를 끄는 네 마리 말들은 자기 마음대로 올라갔다 내려갔다 해서 올라갔을 때에는 하늘에 있는 제우스 궁전을 태우고, 내려가면서는 가장 근접한 땅을(리비아) 사막으로 만들어 버렸습니다.

그 잘못으로 헤리오스의 아들 파이톤은 결국 제우스의 벼락에 맞아 죽었습니다.

중국의 서주 시대의 사상가인 주공도 이렇게 말했다.

〈그러나 오늘날 사람들이 살아가는 모습을 보건대 그 부모는 힘써 일하고 농사를 짓건만 그 자식들은 농사일의 어려움을 알지 못한 채 편안함을 취하고 함부로 지껄이며 방탕 무례하다. 그렇지 않으면 부모를 업신여겨 말하기를 옛날 사람들은 아는 것이 없다고 한다.〉

부모가 아이를 너무 귀하게 키우면 죽거나 방탕 무례하게 되는 것 같다.

지하철에서 내렸다. 즐거운 마음으로 집을 향해 발걸음을 재촉했다. 어, 그런데 저게 뭔가? 스님이 목탁을 두드리며 보시를 구하고 있다. '난 줄 것이 없어' 속으로 생각하며 외면했는데 그 인색한 마음에 깨달음을 주려 하셨는지 가슴을 후비는 멋진 말이 목탁 동냥 하는 옆에 큼지막하게 적혀져 있었다.

아무것도 가진 것이 없으니 남에게 줄 것도 없는 중생들에게
경제적으로 보시를 못해도 아래 일곱 가지는 사람들에게 줄 수 있습니다.

첫째, 화안시(和顏施) 얼굴에 화색을 띠고 부드럽고 정다운 얼굴로
　　　남을 대하는 것
둘째, 언시(言施) 사랑, 칭찬, 격려, 양보, 부드러운 말
셋째, 심시(心施) 마음의 문을 열고 따뜻한 마음을 주는 것
넷째, 안시(眼施) 호의를 담은 눈으로 사람을 보는 것
다섯째, 신시(身施) 남의 짐을 들어주는 일 등
여섯째, 상좌시(床座施) 때와 장소에 맞게 자리를 내어서 양보하는 일
일곱째, 찰시(察施) 굳이 묻지 않고도 상대의 속을 헤아려 알아서
　　　　도와 주는 것

나 자신뿐만 아니라 내가 아는 모든 사람들에게 해 주고 싶은 말
이다.

드디어 집에 도착했다. 집에 오기 참 멀다. 그런데 철학적 사유를
너무 많이 했나? 왜 머리가 아프지? 삶의 철학자 몽테뉴는 "기회가
있을 때만 철학을 하라"고 했는데 그의 말이 맞는 것 같다.

신뢰

아무리 보잘 것 없는 것이라도 한번 약속한 일은 상대방이 감탄할 정도로 정
확하게 지켜야 한다.
신용과 체면도 중요하지만 약속을 어기면 그 만큼 서로의 믿음이 약해진다.

-데일 카네기

#제10장

⚙️ 기사들과의 대화 2

사무실 저쪽에서 영업소장과 우리 행정 업무를 보는 직원 간에 큰 소리가 오간다. 또 이쪽에서는 우리 직원과 본사 직원이 전화기를 통해서 짜증스러운 목소리를 내며 언쟁을 벌이고 있다. 가만히 있기도 민망하고 잘 알지도 못하면서 끼어들기가 좀 그래서 터미널로 나왔다. 그랬더니 야드에서는 영업소장과 배송기사 간에 말다툼이 벌어지고 있는 것이 아닌가? 여기저기 온통 싸움판(?)이었다.

그런데 가만히 다툼의 내용을 들어보면 한쪽에서는 '왜 해야 할 일을 안 하냐'였고, 다른 쪽에서는 '그걸 왜 내가 하냐'였다.

그러고 보니 참 웃긴 점이 발견되었다. '왜 해야 할 일을 안 하냐'고 나무라듯 말하는 사람들은 지점 직원, 본사 직원, 영업소장이었고, '왜 그걸 내가 해야 하냐'고 대꾸하는 사람들은 영업소장, 지점 직원, 배송 기사였다. 여기에 공통분모가 있다. 영업소장과 지점 직원이 바로 그들이다. 그들은 나무라기도 하며 자신에게 향하는 비난을 방어하기도 하는 중간 계층인 것이다. 즉, 양자는 상황에 따라 나무라는 주체가 되기도 하고 객체가 되기도 한다. 그런데 역시 그들도 서로 갈등을 겪고 있지 않은가. 같은 편인데. 참 아이러니하다.

왜 그럴까? 서로 양보를 안 해서 그렇다. 왜 양보를 안 할까? 양보하면 손해를 볼 것이라는 두려움 때문이다. 왜 그 두려움이 생길까? 서로 배려가 없고 믿지 못해서이다.

대개 사람의 호감이란 먼저 남이 표시해준 것에 대한 반응으로 나타나는 것이다. 따라서 기다릴 것이 아니라 당신이 먼저 줘야 한다.　－로렌스 굴드

여기에 바로 직장 생활의 어려움이 있는 것 같다. 확장하여 생각하면 이것이 바로 삶이 힘든 이유가 아닐까?

59 누굴 믿어?

주위에 믿을 만한 사람이 몇 명이나 되는지요? 특히나 사회에 발을 디딘 후 사귄 사람 중에 몇 명 정도가 믿을 수 있는 사람이던가요?

"내 속엔 내가 너무도 많아."

"열 길 물속은 알아도 한 길 사람 속은 모른다."

"믿는 도끼에 발등 찍힌다."

나도 못 믿고 너도 못 믿고 누구도 못 믿는다는 의미입니다. 결국 이 세상에는 마음 놓고 의지할 사람이 없다는 거죠.

부모형제, 부부, 그리고 혈연 간은 뭐냐고요? 그나마 타인들 보다는 믿을 수 있죠. 하지만 서로 곤궁한 처지라고 가정하고 한 사람은 손해를 다른 사람은 이익을 보는 상황에서는. 글쎄요, 잘

모르겠습니다.

그러니 생면부지인 사람과의 관계를 가지면서 친밀감을 넘어선 진정한 신뢰를 서로 구축하기란 거의 불가능에 가까운 것 같습니다. 안타까운 결론입니다. 아무리 뒤집으려고 해도 역시 사람은 믿을 수 있는 존재임을 증명할 길이 없습니다. 성악설이네요.

하지만 믿을만한 사람은 없다고 하는데 그래도 보통은 가족끼리 화목하게 살고, 조직끼리 협정도 맺고, 모르는 사람과 거래도 하고 그렇습니다. 이건 도대체 뭐죠? 사람은 기본적으로 누구를 믿고자 하는 본성이 있기 때문에 가능한 것 아닙니까? 성선설이네요.

뭐가 맞는지는 모르겠습니다. 하지만 분명한 것은 지나친 의심은 삶을 피곤하게 하고 지나친 믿음은 자칫하면 삶의 질을 추락시킬 수 있다는 사실입니다.

어떻게 사는 게 현명할까요?

일단 우선 사람을 믿어 봅시다. 그리고 상대방도 나를 믿을 수 있도록 행동거지를 잘해 봅시다. 그러려면 좀 손해를 봐야 합니다. 그 사람에 대한 배려도 필요합니다. 그리고 일정 시간이 지난 후 판단해 봅시다. 그 사람이 어떻게 나를 대하고 있는지 말입니다. 이 단계에서는 주도면밀한 분석이 필요합니다. 그의 친절함, 배려가 그의 이익을 채울 목적으로 행해지고 있는 건지 아닌지를 말입니다. 만약 인간적 순수함이 느껴지면 서로 믿음을 계속 쌓아가고 반대로 자신의 불로소득을 위해 가면을 쓴 것이라면 과감히 거리를 두어야 합니다.

어쨌든 믿겠다는 마음가짐으로 관계를 시작하면 이 불신의 시대를 살면서도 신뢰할 수 있는 사람을 만날 가능성이 조금이라도 있습니다. 하지만 처음부터 사람을 의심의 눈초리로 보고 관계를 시작한다면 믿고 기댈 수 있는 사람을 죽었다 깨어나도 한 명도 얻을 수 없죠.

인생을 살면서 진정한 친구 세 명만 있어도 성공한 삶을 살았다고 한다는데 여기서 진정한 친구란 다른 말로 하면 믿고 의지할 수 있는 사람이 아닐까요? 어떻게 살아야 할까요?

같은 편이어야 하는 사람들이 돌이킬 수 없는 강을 건너는 이유는 역설적이지만 서로 너무 잘 알아서 그런지도 모른다. 이심전심. '말을 하지 않아도 분명히 저 친구는 내가 이런 입장임을 알고 있으니 적어도 이렇게는 해 주겠지'라고 기대했는데 그렇지 않으면 '어, 정말 나한테 너무하네' 하며 오해가 생기고 그 오해가 신뢰를 깨고 결국 끝없는 대립으로 이어질 수밖에 없다는 생각이 들었다.

결국 솔직한 자신 입장의 표명이 없어서 서로 아는 사람들끼리 갈등의 골이 더 깊어지는 것은 아닐까?

[60] 내 마음을 정말 아는 거 맞아?

이심전심이라는 말이 있습니다. 서로 말을 하지 않아도 마음과 마음으로 뜻이 통한다는 의미잖아요. 사람과 사람 사이에서 관계의 친밀함을 표현할 때 사용하는 고사성어지만 이것은 말이 없이 특정 몸짓, 소리 등으로 상호 간 의사를 교환하는 동물 세계에서도 적용될 수 있을 것 같습니다. 예를 들면, 칠면조는 '칩칩'이라는 소리로 그 소리를 내는 대상이 자신의 자녀인 줄 알고 그를 지극정성으로 돌봐 준다고 합니다. '칩칩'이라는 소리가 부모와 자식 간의 마음을 통하게 한 거죠. 이런 것도 이심전심 아닐까요?

그런데 좀 당황스러운 사실이 있습니다. 칠면조는 이 '칩칩'이라는 소리에 무조건적으로 반응하여 진짜 자녀라도 '칩칩'이라는 소리를 내지 않으면 적으로 간주하고 공격까지 한다고 하며, 반대로 가짜 자식이지만 녹음된 소리라도 '칩칩' 소리를 내면 정말 자식인 양 사랑의 감정을 표한다고 하네요. 그렇다면 동물 세계에서는 처음 생각과는 달리 진정한 의미의 이심전심은 없는 것 같습니다.

역시 이심전심은 사람들 사이에서 통용되는 게 맞는 것 같습니다. 만물의 영장인 우리들은 지능이 높고 눈치 보기가 고도로 발달된 동물이기에 친밀하고 자주 보는 사람들과는 '칩칩'이라는 소리도 필요 없이 눈빛만으로도 그 사람이 무엇을 말하려는지, 무엇을 원하는지 알 수 있죠. 그렇지 않습니까?

결론적으로 말하자면, 그렇지 않습니다. 만약 그런 경우가 있다하더라도 이것은 사전에 상호 약정한 표식으로 알 수 있는 것이고 만약 그것도 아니라면 대부분 우연이라고 봐야 할 것입니다.

사실 실생활에서는 이심전심은커녕 내가 글로 명확히 의견을 기재한 후 여러 명에게 동시에 메시지를 보내도 받은 사람마다 다르게 해석하여 사전 대화 없이 일을 진행했다가 결국 낭패를 당하는 경우가 많지요.

사람과의 관계에서도 이심전심을 믿다가 이처럼 낭패를 당하는 경우 많습니다. 사랑하는 사람에게 오래 사귀었으니까 '내 마음을 알겠지'라고 생각하고 감정을 표현하지 않다가 결국 상대방을 떠나 보내는 슬픔을 겪기도 합니다. 부부생활을 수십 년 한 잉꼬부부도 이심전심의 덫에 빠져 어떤 일에 대해 서로 '알 거야'라고 생각하고 넘어가다가 단순한 오해가 감정 싸움으로 번져 황혼이혼으로도 발전하기도 하죠. 또, 부모가 자식을 사랑함은 '말을 안 해도 알겠지'라고 당연시하고 자녀들에게 애정을 표현하지 않아 그들이 삐뚤어지는 경우도 상당수입니다.

자신의 마음을 표현해야 합니다. 화가 났으면 화가 났다, 좋으면 좋다, 이것을 고쳤으면 좋겠다, 이렇게 해 달라 등등 자신의 마음을 명확히 표출해야 상대방이 정확히 알 수 있습니다. 그렇지 않고 꿍하고 있다가는 이심전심으로 상호 간 마음의 문을 닫게 됩니다.

특히 우리나라 사람들은 '굳이 이런 말까지 해야 되나?' 하는 체면을 중시하는 문화 속에서 살았기에 더욱 주의가 요구됩니다.

나 역시 직장 생활을 10년 이상 하다 보니 '믿을 사람 없다'와 '아는 사람이 더하네'라는 세속적인 통념에 지배당하는 것 같다. 나름 난 '성선설'을 믿고 '공감을 하면 서로 말을 하지 않아도 통한다'는 믿음으로 살았었는데 그것이 무너졌다니. 아, 슬프다.

그러고 보니 어렸을 때는 도저히 받아들일 수 없었던 '그것은 옳지 않은 것이야'라고 믿어 의심치 않았던 명제들 중 상당한 것들이 40대가 된 지금에서야 수긍이 되니 참 만고의 진리는 없는 것 같다.

61 마흔이 되어서야 이해되는 것들

- 불변의 진리는 없다?

🔍 없는 것 같습니다. 모든 '옳음'은 변하는 것 같습니다.

- 아내 직업은 선생님이 좋다?

🔍 정말 좋아 보입니다. 경제적으로도 가정적으로도.

- 사람은 무능하다는 말보다 만만히 보이는 것을 더 무서워한다?

🔍 정말 그렇습니다. 만만하게 보이면 이 사람 저 사람 다 한 번씩 건드립니다.

- 왜 저 사람은 저렇게 지위가 높은데 소신도 없이 살까?

🔍 그럴 수밖에 없죠. 돈이 더 많이 필요한 나이대이고 또 그 높은 자리에서도 내려오기 두려워합니다.

- 돈 없으면 사랑도 행복도 없다?

🔍 그럴 가능성이 매우 많습니다.

- 돈으로 살 수 없는 것은 없다?

🔍 대부분 돈으로 살 수 있는 것 같습니다.

- 백으로 입사하는 것도 능력이야?

🔍 정말 능력입니다. 특히 지금같이 계층이 양극화된 시대에선.

- 내 일도 아닌데 왜 내가 왜 관여해야 하나?

🔍 관여하지 않는 게 속 편합니다.

- 돈 더 안 줘서 일을 안 한다고?

🔍 당연히 안 합니다.

- 고시 패스(높은 지위)가 뭐 대수야?

🔍 대수입니다. 엄청난 차이가 존재하더라고요.

- 사회생활에서 10살 위아래로는 동료이며 경쟁자다.

🔍 그렇습니다. 존댓말도 써야 합니다.

- 자식한테 왜 올인하나?

🔍 그럴 수밖에 없습니다. 정말 사랑스럽거든요.

- 과외는 필요 없다. 공부는 자신의 의지로 하는 것

🔍 의지+돈=서울대입니다.

- 마흔이 넘었다던데 왜 저렇게 유치하게 놀지?

🔍 나도 지금 그렇게 놀고 있습니다.

- 나이를 먹으면 먹을수록 여자 참 무섭습니다.

🔍 한번 느껴 보십시오. 깜짝 놀랄 겁니다.

영업소장과 싸움으로 씩씩거리는 기사 '돈좋아'를 다독거리며 당신들의 다툼에서 내가 방금 떠오른 '슬픈 생각'을 말했다. 그도 맞장구를 쳤다. 그러면서 그도 '돈 없으면 사랑도 행복도 없어'에 아주 적극적으로 찬성한다.

"차장님, 전 예전에 돈에 그렇게 집착하지 않았어요. 그런데 가정을 꾸리고 애기가 태어난 지금은 어떤지 알아요? 말하면 제가 창피해요. 정말 속물이 된 것 같아요."

그가 정말 속물일까?

62 아휴, 이놈의 경조사비. 인간답게 살기 힘드네

가끔 아내와 경조사 비용 때문에 다투지는 않으시나요? 마누라는 더 내라고 하고 나는 돈이 어디 있느냐고 하면서 말입니다. 경조사 비용만 그런 것이 아니지요? 생활비 때문에도 항상 언쟁을 벌이지 않으십니까? 이거 사야 해, 말아야 해? 선물은 얼마 정도로 하지? 전화비가 너무 많이 나오잖아, 돈 때문에 애를 못 가르쳐야 해? 등등. 그리고 보면 생활비는 정말 무서운 것 같습니다.

왜 이런 말을 하냐고요? '돈은 중요하지 않아'라고 생각하는 순진한 사람들이 상당수 있기 때문입니다. 영악한 친구들은 어려서부터 돈의 중요성을 너무 알아서 문제인데 또 어떤 사람은 '황금 보기를 돌같이 알라'는 격언에 충실해 '돈은 더러운 것'이라는 신념으로 세상과 초월한 듯한 태도로 삽니다.

성스럽고 진리만을 추구하는 아주 소수의 분들에게는 분명히 돈이 불필요할 것입니다. 돈은 세속적인 것이라 '절대 선'을 찾는 사람들에게는 방해물이 되니까요. 하지만, 우리같이 보통 사람들에게는 불행히도 그렇지 않은 것 같습니다. 세상을 살려면 어느 정도의 돈은 있어야 하지요. 게다가 가정을 꾸렸다면 더더욱 그렇습니다. 돈이 있어야 부모에게 효도하고 자녀에게 적당한 교육을 시킬 수 있으며, 가족이 아플 경우 양질의 치료를 받을 수 있게 함은 너무나 당연하니까요.

돈만 그런 것은 아닙니다. 어느 정도 명예도 있어야 합니다. 뭐 대단한 명예를 말하는 것이 아니고 누구에게 '나 이런 일 하는 사람이야'라고 말할 때 창피함을 느끼지 않는 정도는 되어야 할 것 같습니다. 매우 모호한 말이기는 하지만 직업의 가치를 평가하는 스스로의 기준이 있을 테니 그것에 기준을 두고 판단하면 될 것 같습니다.

그러고 보니 인생을 살려면 돈도 있어야 하고, 명예도 가져야 한다고 말씀드리고 있네요. 너무 세속적인 충고일까요? 맞습니다. 하지만 우리는 세속에서 살고 있습니다. 로마에 가면 로마법을 따라야 하는 것처럼 우리는 세속에서 살고 있으므로 세속의 가치를 무시하며 살면 안 됩니다. 현실에서 수도승처럼 행동하면 정말 인간답게 살기 힘들어지죠.

역설적으로, 이왕 세속적으로 살아야 하다면 돈도 많이 벌고, 위치도 높아지도록 최선을 다해야겠습니다. 그래서 최고의 부자가 되고, 영향력 있는 사람이 되어 남을 도우며 삽시다. 이것이 세속적인 세상에서 가장 인간답게 사는 것 아닐까요?

이 친구 내 대답을 기다리지도 않은 채 연이어 말한다.

"속물이라고 치부해도 어쩔 수 없어요, 차장님. 생활비가 얼마나 무서운 줄 아세요? 제 일기를 한번 보여드리죠."

희망은 잠자고 있지 않는 인간의 꿈이다. 꿈이 있는 한, 이 세상은 도전해 볼만 하다. 어떠한 일이 있더라도 꿈을 잃지 말자.
꿈을 꾸자. 꿈은 희망을 버리지 않는 사람에겐 선물로 주어진다.
―아리스토텔레스

[63] 생활비, 정말 무섭다

(생략) 정신을 차리고 긴축재정에 들어갔다. 외식을 삼가는 등 불필요한 비용을 최대한 줄였다. 하지만 마트에 퍼주는 돈은 쉽게 줄지 않았다. 이상하게 신혼 초인데 한 번 마트 가면 거의 20만 원 이상을 쓰는 것 같다. 1주 혹은 2주에 한 번씩 가는데도 그렇게 비용이 나가니 당황스럽다.

게다가 무슨 가족 행사가 그렇게 많은지……. 연초 2월, 처가 장인어른 생신을 시작으로 매월 우리 부모님, 동생, 처제, 처남 등의 생일의 연속이고 친척들 경조사 역시 서로 경쟁하듯이 지속 발생하여 매월 나가는 부조금도 만만치 않다. 또한 2년마다 돌아오는 전셋값 상승, 자동차세, 각종 공과금은 돌아가면서 돈을 내라고 윽박지르니 우리의 재정은 숨을 쉴 수 없었다.

그러다가 사랑스러운 아이가 생겨났다. 애기를 갖기 위해 들었던 보약비, 병원비, 산후 조리비 등의 비용도 만만치 않았지만 정말 귀한 선물을 받아서 그동안의 투자(?)가 아깝지 않았다. 아이의 탄생으로 인해 말할 수 없는 행복감을 느꼈지만 그 선물을 잘 간직하는 데는 엄청난 비용이 수반되었다. 갓난애일 때는 분유값, 기저귀 값, 옷 값, 장난감 값, 그리고 베이비시터 비용에서 지금은 책값, 유치원비, 교재비까지 하나하나 감당하기 만만치 않는 비용이다. (중략)

지금 우리 부부는 예전처럼 자신들을 위해서 쓰는 돈은 거의 없다. 게다가 굉장한 짠돌이가 되었다. 우리 아내는 마트에서 계란을 사더라도 가격을 비교하고 또 비교하며 살까 말까 망설인다. 나 역시 회사에서 고참 기사이지만 후배 직원에게 식사 한번 사 주지 않는다. 겨울에는 난방비로 가슴이 졸이며, 여름에는 에어컨 비용이 많이 나올까 봐 전전긍긍한다. 그런데도 카드대금은 거의 매월 50만 원을 상회하고 계속적으로 써야 할 돈은 많아지고 있다. 미치겠다.

공감이 된다. 생활비 정말 무섭다.

그는 또 말하길 "돈이 없으니 아내와 자주 싸워요. 저도 심적으로 불안하고요. 경제적으로 쪼들리면 행복해질 수가 없는 것 같아요."

동의한다고 했다. 그런데 돈이 없으면 행복할 수 없다? 이 말은 좀 그렇다. 이 세상을 살면서 돈이 필요한 것은 맞지만 돈이 많아야 행복한 건 아닌데……. 1인당 국민소득이 5만 달러인 싱가포르가 148개국 중 행복도가 꼴찌라는 갤럽의 조사에서도 확인되듯이 말이다. 철학적으로 보면 다행히도, 세상 시각으로 보면 불행히도, 난 아직 속물이 덜 된 것 같다.

[64] 행복하고 싶다

어떻게 하면 행복할 수 있을까요? 도대체 행복은 뭐죠?

성인들이 아무리 뭐라 해도 우리들은 실질적으로 돈, 명예, 쾌락이 행복입니다. 특히나 지금처럼 자본이 도덕까지 지배하는 세상에서는 돈은 우리들에게 있어 최고의 가치이고 행복에 다다를 수 있는 필수불가결한 것이죠.

정말 그렇습니다. 나이가 들면서 돈의 위력은 더욱 더 커집니다. 부모님 봉양, 애들 교육, 그리고 교제 비용 등 이 모든 것이 사실 돈 아닙니까? 최영 장군님의 '황금 보기를 돌같이 하라'는 좀 아닌 것 같습니다.

좀 더 봅시다. 그러면 왜 그 대단한 철학자, 사상가들은 행복은 돈, 명예, 쾌락이 아니라고 했을까요? 아마도 그들 일부는 돈이 넉넉했을 것이고 식자였으니 당연히 명예를 누리고 있었을 겁니다. 그러니 그들은 돈, 명예 등 이미 행복의 기본 조건을 확보했으므로 그 이상의 것을 행복이라고 보았겠죠. 매슬로의 욕구의 5단계 이론처럼 하위 단계의 욕구가 충족되면 상위 단계의 욕구를 추구하는 것처럼 말입니다.

그런데 하나 의심나는 사항이 있습니다. 돈과 명예가 있는데 불행한 사람은 도대체 뭐죠? 저 높은 자리에서 호령했던 사람의 끝은 어떠한가요. 특히 우리나라 대통령을 포함한 권력가들, 또 돈이 그렇게 많은 재벌들은 자기 부모님 제사도 따로 모신다고 그러는데 그럼에도 행복할까요?

다시 성인들의 말에 귀 기울여 봐야겠습니다. 그들의 시대에도 지금만큼은 아니더라도 분명히 돈, 명예 및 쾌락은 중요했을 테니까요.

아리스토텔레스는 행복의 조건을 한번 볼까요? 그는 어떤 활동을 일생 동안 하면 행복해질 수 있는가에 대해 이렇게 답합니다.

첫째, 인간다운 삶을 살아라. 인간다운 삶이란 이성을 잘 다스리는 삶이다. 예를 들면, 전쟁터에서는 용감하고 일상의 삶에서는 절제를 요구하는 것이다. 나쁜 짓을 해서 물질과 명예를 얻었을 경우 행복해지지 못하는 이유가 바로 이것이다. 행복은 어떤 좋음에 대한 탁월성을 획득하기 위해 배움과 노력을 통해 자신의 인격을 갈고 닦음으로 얻어진다.

둘째, 좋은 친구를 사귀어라. 친구란 '두 개의 몸에 깃든 한 개의 영혼'이라고 한다. 모든 것이 다 있더라도 그의 인격과 내 인격이 만나서 좋은 울림을 내는 친구가 없다면 말짱 도루묵이다.

셋째, 삶의 관조이다. 관조란 고요한 마음으로 사물이나 현상을 관찰하거나 비추어 봄이다. 다시 말해서 지성의 활동이라도 할 수 있겠다. 배우고 사유하고 그것으로 좋은 인격을 만들고 이런 삶이 진정한 행복이라고 한다.

다시 보니 참 맞는 말 같습니다. 우리는 부자도 아니고 명예도 없기 때문에 살면서 가끔 불편하고 억울한 일을 당할 때가 있어서 그렇지, 그렇다고 그것이 없다고 언제나 불행의 늪에 빠져 있다고 생각하지는 않잖아요. 우리가 진정으로 웃을 때는 사랑스러운 가족과 함께 있을 때, 오랜 친구들과 만나 수다를 떨 때, 궁금했던 것을 알아낼 때, 뭔가 삶의 이치를 터득했을 때, 그럴 때가 아닌가 싶습니다.

허, 참 이상합니다. 이 말도 맞고 저 말도 맞습니다. 그러고 보면 자신의 형편에 따라 행복의 기준은 달라지는 것 같습니다. 자신이 곤궁할 때는 돈이, 자신이 아플 때는 건강이, 자신이 무료할 때는 쾌락이, 자신이 외로울 때는 친구가, 자신이 모르는 것이 많을 때는 진리의 발견이 행복입니다.

하지만 분명한 것 있습니다. 행복하려면 돈, 명예, 쾌락은 좀 부족해도 되지만, 인간다운 삶을 위한 이성의 다스림, 좋은 친구, 삶의 관조 없이는 절대로 행복할 수 없다는 사실 말입니다.

또 고대 철학자 에피쿠로스는 2,500년 전에 행복=성취/욕망이라고 했습니다. 행복해지려면 욕망을 최소화하고 성취감을 최대로 하면 되겠지요. 여기서 욕망이란 돈, 명예, 쾌락을 말하는 것일 겁니다.

"난 이제 돈 벌러 나갑니다. 우리 같은 배송기사야말로 시간이 돈이거든요."

"아, 그래요. 운전 조심하세요."

그를 떠나 보내고 생각해 본다. 저 친구는 돈을 벌려고 일을 한다고 한다. 난 그 말의 일부에는 동의하지 않는다. 그럼 난 왜 일할까?

65 왜 일하는까?

사회는 지배계층과 피지배계층으로 구분됩니다. 그 구분의 기준은 여러 가지가 있겠지만 '육체적 노동을 하느냐 안 하느냐'도 판단의 기준이 될 것 같습니다. 옛날에는 노예와 농민들은 노동을 담당했고, 귀족과 양반들은 그렇지 않았죠. 그래서 지금까지도 우리들은 직업에는 귀천이 없다고 하면서도 육체적 노동보다 사무 업무를 더 선호합니다.

어쨌든 육체적 노동이든 정신적 노동이든 사람들은 모두 일을 합니다. 일을 왜 할까요?

당연히 먹고살기 위해 합니다. 지금 세상에서는 일을 해야 돈이 생기고 돈이 생겨야 인간의 기본적인 의식주가 해결이 되니까요. 무노동 무임금. 무서운 원칙입니다.

어떤 분은 욕 먹지 않으려고 일한다고 합니다. 이왕 일을 하는데 왜 지적질을 당하냐는 거죠. 또 이와는 반대로 칭찬받기 위해 일을 하시는 분도 있습니다.

기본적 의식주를 해결하신 분들은 본인이 하고 싶은 일을 하기 위해 일을 합니다. 여행, 영화 보기 등 개인적 취미생활을 하기 위해 필요한 재원을 만들기 위해서죠.

신분의 상승을 위해 일하기도 합니다. 열심히 일하면 승진하고, 승진하면 임금이 올라가기도 하지만 자신을 보는 사람들의 눈이 180도 달라지죠. 남들이 자신을 우러러 볼 때의 심리적 만족감. 대단하죠.

좀 더 높은 차원에 계신 분들은 심리적 만족감, 성취감을 느끼기 위해 일한다고 합니다. 산을 정복했을 때 느끼는 기분 좋음처럼 어떤 과업을 성공적으로 완수했을 때 느끼는 쾌감은 무엇과도 바꿀 수가 없답니다. 바로 앞에서 보았듯이 행복은 성취 나누기 욕망이라고 했지 않습니까? 성취감은 행복과도 연결되어 있습니다.

여러분들은 무엇 때문에 일을 하시나요? 먹고살기 위해, 취미생활을 위해, 신분의 상승을 위해, 성취감을 위해? 아니면 또 다른 무엇이 있나요?

성취감을 맛보기 위해 일하시기를 간절히 기원합니다. 일, 다른 말로 노동은 신성한 것이죠. 칼 마르크스의 주장처럼 노동은 진정한 가치를 창조합니다. 가치를 창조할 때 느낄 수 있는 신비로운 만족감. 그것을 위해 일하는 자가 행복한 사람입니다.

사람은 항상 일하지 않으면 안 된다.
일을 함으로써 살아간다는 의미나 행복을 모두 찾아낼 수 있다.
-안톤 체호프

사무실에 다시 들어왔는데 아직도 소란했다. 정말 여기저기 전쟁터. 하여튼 이번에는 무슨 일인지 모르겠지만 '사수(직장 선배)'가 '부사수(사수로부터 업무를 배우는 직장 후배)'를 크게 나무라고 있다.

"왜 이렇게 했어? 여기 이 문서에 이렇게 하라고 되어 있잖아. 당신 문맹이야?"

"어? 저는 이렇게 해석했는데……."

"말도 안 돼. 대체 어떻게 이걸 이렇게 생각할 수 있어? 아이고, 답답해."

뭔가 하고 나도 한번 그 공문을 보았다. 보아하니 부사수가 착오로 해석할 수 있겠다 싶었지만 사수가 워낙 화가 나 있었기 때문에 편을 들어 줄 수가 없어서 "지금 빨리 조치를 취하면 되겠네."라며 상황을 종결시키려 했다.

부사수가 풀이 죽어 있는 듯하여 위로의 말을 건넸다.

"이 문서, 본사 애들이 잘못 만들었네. 누가 보더라도 같은 해석을 하게 만들어야 하는데 좀 모호하게 적었네. 화 좀 풀어."

"아니, 내가 전화해서 정확히 물어봤어야 하는데 그게 실수예요. 하지만 이게 그 뜻인지는 당시에는 정말 짐작도 못 했어요. 과학이나 수학처럼 누가 봐도 동일하게 알아먹을 수 있는 문서가 개발되었으면 좋겠네요."

그 친구의 얘기를 들으니 최근 읽었던 분석철학 창시에 힘을 보탰던 '무어'가 생각난다. 그는 철학을 친구 '러셀'로부터 전해 들으면서 부정확하고 알 수 없는 단어, 그리고 앞뒤가 맞지 않는 비논리성 때문에 제대로 이해할 수 없음을 인지하고 수학 원리를 통해 문장을 기호로 바꾸어 표현하여 진리를 확인하는 즉, 기호논리학에 기초한 분석철학의 문을 열었다. 딱, 부사수가 원했던 놀라운 작업을 시도한 것이다. 그 시도는 결국 비트겐슈타인에 의해 구체화되었고, 그 당시 세상은 이 논리 실증주의에 환호했다.

서양철학이 논리적이고 분석 지향적인 줄은 알았지만 이 정도일 줄은 몰랐다. 어떻게 언어에 숨어 있는 그 다양한 의미를 기호화, 수학화하여 진정한 참 값을 찾아내려는 시도를 했는지 사실 좀 황당했다. 하지만 이 놀라움도 잠시였다. 좀 더 책장을 넘기니 그들의 시도는 방금 언급한 그 이유 때문에 그 논리가 처참히 붕괴되었다고 한다.

어떻게 하나의 단어(명제)를 한 개의 뜻으로 획일화할 수 있겠는가? 처음부터 단어가 갖고 있는 문화적, 상황적 다양성의 힘을 제대로 인식하지 못해서 이런 무모한 시도가 있었던 것 같다.

그렇다면 부사수가 후회했던 것처럼 당시 애매한 문구를 본사 담당자에게 물어 보았다면 해석의 착오를 없앴을 수 있을까? 아마 상당 부분 의문점이 해소되었을지도 모른다. 하지만 그처럼 단순한 의미가 숨어 있는 문서가 아니라 경영진의 전략적 방향에 관련된 내용이었다면 어땠을까? 이해야 했겠지만 경영진의 진정한 의미를 간파할 수 있었을까? 결국은 말로도 진정한 의미를 전달하는 데 한계가 있다는 얘기다.

그럼 도대체 어쩌란 말이냐? 말도 안 되고 글로도 안 되면 어떻게 그 본연의 뜻을 알 수 있을까? 성경도 불경도 그리고 고전도 모두 글 혹은 음성 파일로 되어 있는데……. 그 본래의 뜻을 알 수 없다는 것은 '깨달음'을 얻을 수 없다는 말이 아닌가?

66 깨달음

제나라 환공이 당상에서 책을 읽고 있을 때 목수가 물었다.
"무슨 책을 읽습니까?"
"옛 성인의 말씀이다."
"그렇다면 그 책은 옛사람의 찌꺼기군요."
"목수 따위가 감히 그런 시비를 걸다니……. 합당한 설명을 하지 못하면 죽일 것이다."

"신은 신의 일(목수)로 미루어 말씀드리는 겁니다만, 수레바퀴를 깎을 때 많이 깎으면 축이 헐거워서 튼튼하지 못하고 덜 깎으면 축이 들어가지 않습니다. 더도 덜도 아닌 정확한 깎음은 손짐작으로 터득하고 마음으로 느낄 뿐 입으로 말할 수 없습니다. 그 중간에 정확한 치수가 있기는 있을 것이지만 신이 제 자식에게 그것을 말로 깨우쳐줄 수가 없고 제 자식 역시 그것을 신으로부터 전수받을 수가 없습니다. 그래서 노인임에도 불구하고 손수 수레를 깎고 있습니다. 옛사람도 그와 마찬가지로 가장 핵심적인 것은 전하지 못하고(글로 남기지 못하고) 세상을 떠났을 것입니다. 그렇기 때문에 전하께서 읽고 있는 것은 옛사람의 찌꺼기일 뿐입니다."

깨달음이란 것은 읽고 듣고 해서 되는 것은 아닌 것 같습니다. 음메, 음메, 소 해체의 달인 포정이 자신의 기술에 탄복하는 사람의 '어떻게 그런 경지까지?'라는 질문에 대한 답변이 깨달음의 핵심인 것 같습니다.

"제가 처음 소를 잡을 때 눈에 보이는 것이 온통 소일 뿐이었습니다. 3년이 지나자 소의 전체 모습은 눈에 띄지 않게 되었지요. 지금은 마음으로 소를 대할 뿐 눈으로 보는 법이 없습니다. 감각을 멈추고 마음이 가는 대로 움직입니다. 천리에 의지하여 큰 틈새에 칼을 찔러 넣고 빈 결을 따라 칼을 움직입니다. 소의 몸 구조를 그대로 따라갈 뿐입니다. (중략) 그러다가 뼈에 있는 살이 쩍 갈라지면서 마치 흙덩이가 땅에 떨어지듯이 고기가 와르르 해집니다."

깨달음이란 수많은 좌절과 고통을 경험하면서 그것을 극복하기 위해 쉼 없는 고민과 사유를 함으로써 머리가 아닌 마음에서 '유레카' 해야 얻을 수 있는 것 같습니다.

말과 글의 한계를 깨닫는다. 정말 깨달음이다. 하하.
셰익스피어의 「십이야」라는 희극에서 '말'에 대해 평가한 명대사도 때마침 생각난다.

"요즘 세상이 그래요. 머리가 돌아가는 친구에게 걸리면 같은 말도 장갑처럼 된단 말이에요. 마치 안팎을 간단히 뒤집어 끼는 것처럼 홱 말이 바뀌어버리죠."

"말을 갖고 농탕을 치기로 하면 멋대로 변덕스럽기 짝이 없어지지."

"이유를 말하려면 말을 쓰지 않고서는 이유를 댈 수 없잖아요. 그런데 그 말이라는 것이 도통 믿을 수가 없으니, 말로 이유를 대고 싶지 않습니다."

현재를 즐겨라

이 세상이 끝나는 날 우리들을 위해 신께서 무엇을 준비해 두었는지 알려고 하지 마라. 우리들은 그것을 알 수 없기에 그 어떠한 상황이 닥치더라도 용감하게 맞서야 한다. 짧기만 한 우리네 인생 머나먼 희망은 잠시 접어두어야 한다. 우리가 이렇게 말을 하고 있는 동안에도 시간은 우리를 시샘하여 말없이 흘러가 버리니 내일이면 늦으리니

오 카르페 디엠(라틴어 현재를 잡아라.)

-호라티우스

#제11장

💡 다시 복권을 꿈꾸며

정기 인사 발령이 며칠 남지 않았다. 여기저기서 소설이 난무했다. 누가 어떻게 되고, 누구는 이렇게 될 것이고······. 난 모르는 척했지만 사실 한 달 전부터 내 소식을 듣기 위해 귀를 쫑긋 세우고 있었다. 하지만 아무 곳에서도 나에 대한 소문은 들리지 않았다. 알아보고 싶었지만 그렇게 하지 않았다. 괜히 여기저기 알아보는 것 자체가 자존심이 상해서이다.

여기 직원들도 내가 명단에 없는 것 같다고 수군거린다. 그들이 "뭐 아시는 거 없어요?"라고 물으면 아무렇지도 않게 "몰라요. 어떻게든 되겠죠."라고 응수했지만 풍문조차에도 내 이동설은 전혀 들리지 않으니 썩 좋은 기분은 아니었다.

다행히 여기 생활이 나쁘지는 않았으나 더 이상의 실무자로서의 근무는 나의 발전에 있어서도 별반 도움이 될 것 같지 않았기에 현장 생활은 가능하면 여기서 종치고 싶었다. 비록 여기 온 지 1년밖에 안 되었지만······.

앞으로 어떻게 될지 생각해 보았다. 여기서 1년 있었고, 이제 현장의 조직장으로 1~2년 정도 있다가 본사 팀장으로 가면 참 좋겠다고 생각했다. 하지만 지금 상황에서는 첫 단추조차 채워질 것 같지 않으니, '에이 생각하지 말자. 알 수 없다. 머리만 아프다.'

67 내 뜻대로 안 되네

어떤 일을 하려면 일단 계획을 잘 세워야 합니다. PDCA 기법이라고 들어보셨을 겁니다. 계획→실천→확인→조치를 반복해서 실행하여 목표 달성하고자 하는 데 사용하는 기법으로 우리에게 소개되었죠. 각 단계가 다 중요하지만 사람들은 특히나 첫 단추를 중요시 여기는 것처럼 처음에 어떻게 계획을 세우느냐가 목표 달성의 성패를 좌우한다고 믿습니다.

그 믿음으로 특히 회사에서는 3C분석, SWAT 분석 등 각종 분석을 토대로 최선의 전략을 선택한 후 세부 행동 계획까지 수립합니다. 이때 예측할 수 있는 각종 변수를 다 고려합니다. 이럴 땐 A플랜, 저럴 땐 B플랜 등등, 필요하면 Z플랜까지도 만들죠.

기획 업무를 해 보셨다면 자신이 최선을 다해 만든 계획서가 현실에 직접 적용될 때 정말 생각하지도 못한 변수로 인해 기획서=쓰레기로 되기도 했을 겁니다. 일이 잘되면 좋은 쓰레기고, 일이 잘못되면 정말 쓰레기가 되는 거죠. 결국 그들은 계획대로 되는 일은 거의 없음을 인정할 것입니다. 복불복이죠.

개인도 마찬가지지요. 어렸을 때부터 계획표를 수없이 만들어 보지 않았습니까? 생각대로 되던가요? 개인의 의지 부족도 있겠지만 상황의 변화 때문에 또 다른 변수의 작용으로 뜻대로 진행되는 일이 별로 없음을 우리 모두는 잘 알고 있습니다.

시작도 하기 전에 계획 수립에 시간을 너무 뺏기지 말아야겠습니다. 그리고 내 뜻, 내 생각대로 되는 것이 없다고 해서 자책하지 말아야겠습니다. 계획대로 되지 않는 세상입니다. 이것을 명심해야 톱니바퀴처럼 딱딱 맞물려지지 않은 인생의 수많은 사건들을 만날 때마다 발생하는 불필요한 정신적 번뇌, 자책감 같은 부정적 감정을 확 줄일 수 있습니다.

그렇다고 계획(생각) 없이 살아야 한다고 주장하는 것은 아닙니다. 진인사 대천명이라는 말이 있잖아요. 여기서 '진인사'는 사람이 할 수 있는 최선을 다하라는 의미이고, 거기에는 계획도 포함되어 있습니다.

하지만 불확실한 미래에 대한 궁금증을 떨칠 수 없었다. 그러면서 또 한편으로는 '불확실 속에서 사는 거지 뭐. 미리 알아 봤자 뭐 어떻게 하겠어?' 하며 자조한다.

불확실한 상황을 즐기는 사람들이 생각난다. 그들은 확실하고 안정된 길을 거부하고 굳이 힘든 길을 선택했던 신화 속의 영웅들이었다.

68 시련을 선택하는 영웅들

영웅은 '보호하고 봉사한다'라는 의미로 그리스어 Heros에서

파생되었다고 합니다. 그들은 역경을 극복하면서 자기 삶을 자기보다 더 큰 것에 바친 사람으로 인식되어 만인의 존경을 받지요. 여기서는 테세우스와 이아손이 쉬운 길 대신에 힘든 길을 선택하며 영웅이 된 신화를 소개합니다.

테세우스

테세우스는 아테나의 왕 아이게우스의 버려진 아들로 16세가 되어서야 그 사실을 알고 아버지가 증표로 남긴 큰 바윗돌 밑에 있는 칼과 신발을 찾아 저 멀리 떨어진 아테네로 가려 했습니다. 가는 방법은 육로와 해로 두 가지가 있는데 육로는 멀고도 위험했고, 해로는 짧고도 안전했기 때문에 외할아버지와 어머니는 해로로 가라고 권했지만 테세우스는 육로를 선택했지요. 힘든 길을 스스로 선택한 것입니다.

잘못하면 목숨을 내놓아야 하는 위험이 도사리는 길이었지만 유명한 악당을 하나하나 제거함과 동시에 퍼진 무용담을 통해 테세우스는 영웅으로서의 이름을 드높일 수가 있었습니다.

그의 모험 경로를 뒤쫓아 가 볼까요. 첫 번째 악당은 페리페데스로 청동 몽둥이로 행인의 머리를 쳐죽이는 불한당이었는데 같은 방법으로 그를 죽였습니다. 테세우스는 악당이 사용한 동일한 방법으로 선량한 시민들을 괴롭히는 자들을 응징한 것으로도 유명합니다.

두 번째로 제거한 악당은 시니스로 행인들을 억지로 전나무 가지를 구부리게 하고 갑자기 무방비 상태로 만들어 전나무 가지가 도로 튕기면서 허공에 날려 죽인 자였고요.

세 번째는 막 트는 씨앗까지 먹어버려 그 지역을 황폐화시켰던 암퇘지였으며, 네 번째는 해안가 절벽에서 행인을 붙잡아 자신의 발을 씻기게 하다가 갑자기 발로 절벽에서 밀어 죽였던 악당 스키론이었습니다.

다섯 번째는 레슬링 시합을 빌미로 사람을 죽인 레슬링의 달인 케르키온 왕이었습니다. '프로크루스테스 침대'라는 말을 아시나요? 융통성이 없거나 자기가 세운 일방적인 기준에 다른 사람들의 생각을 억지로 맞추려는 아집과 편견을 비유하는 뜻이죠. 그 말의 주인공인 악당 다마스테스는 자신의 침대 길이에 맞춰 여행객을 잡아 늘리거나 잘라 죽이는 자였는데 그 역시 테세우스에 의해 같은 방법으로 죽임을 당했습니다.

이처럼 테세우스는 해로가 아닌 육로를 선택하여 이 무시무시한 악당을 맞닥뜨리는 위험을 감수했는데 그 결과로 영웅이 될 수 있었습니다. 만약 쉬운 길인 해로를 선택했다면 몇천 년이 지난 지금 우리가 그를 알 리 만무하겠죠.

아르고호의 모험

아르고호의 모험의 주인공 이아손은 아버지 아이손이 당시 너무 어렸던 자신이 아니라 숙부에게 나라를 잠시 위탁한 사실을 어느 정도 성장한 후 알게 되자 권력을 되찾으러 숙부에게 갔습니다. 그러자 숙부는 나라를 넘겨주기 싫은 마음에 불가능한 미션, 즉 바다 저 멀리 콜키스라는 나라에 보관되어 있는 자신들의 가보 '황금 양피'를 찾아오면 권력을 넘겨주겠다고 했습니다. 이때 이아손은 그 제안을 수락할까 말까 고민했을 겁니다. 왜냐하면 이미 현자 케이론에게 배움을 받은 그래서 그를 추종하는 사람들과 함께 나라를 되찾을 전략과 전술을 세워 말도 안 되는 이 제안을 거부하고 힘으로써 나라를 되찾을 수도 있었을 테니까요. 쉬운 길이냐 어려운 길이냐의 갈림길에서 이아손 역시 힘든 길을 선택하였습니다.

그래서 그 유명한 아르고호의 모험이 시작된 것입니다. 잠깐 영웅 54명이 겪는 모험을 살펴볼까요?

항해 도중 그들은 렘로스의 고약한 냄새 나는 여인들을 구제했고, 악당 권투선수 키지코스 왕을 제거하였으며, 천기를 누설해 제우스의 노여움으로 식사를 하려고 하면 하르피아이라는 요상한 괴물 새의 방해로 상당 기간 굶을 수밖에 없는 형벌을 받은 피네우스에게 도움을 주고, 그 보답으로 보스페로스 해협 끝자락에 있는 두 개의 부딪치는 절벽 심플레가데스를 통과할 수 있는 비법을 전수받아 무사히 통과한 후 겨우 콜키스에 도착하게 됩니다.

도착 후에 황금양피를 찾는 과정 역시 수월치 않았지만 그에게 한눈에 반한 콜키스의 딸 메데아의 도움으로 결국 황금 양피를 찾아 귀국합니다. 하지만 그는 불행히도 자신의 나라에서 왕이 되지는 못했으나, 고난을 선택함으로써 영웅의 반열에 오르는 영광을 차지할 수 있었습니다.

나는 고난을 선택한 것은 아니다. 알 수 없는 운명이 날 여기로 오게 했고, 더 알 수 없는 미래의 운명은 불확실성이라는 안개를 자욱이 뿌려 날 더 초조하게 만들고 있을 뿐이다. 단지 난 그 속에서 평상심을 유지하고자 하는 범인일 뿐이다. 그렇게 평상심을 유지하기도 사실 너무 힘들다.

한 가지 나를 위로하는 경구가 떠오른다. 시련과 고난 속에서 엄청난 성과와 성공이 움튼다는 경구 말이다. 실제로 역사 곳곳에서 확인할 수 있다.

【69】 고난으로 만들어진 역사적 성과물

- 뉴턴은 17세기 흑사병의 창궐로 자신의 의지와 무관하게 시골로 피신했습니다. 이 기간 동안 그는 수학 분야에 엄청난 진보를 이루어 향후 만류인력의 법칙을 세우는 기초 체력을 쌓았다고 합니다. 또 흑사병은 아이러니하게도 근대소설의 선구인 보카치오의 『데카메론』을 낳았다고 합니다.

- 중국 한나라 사마천은 궁형을 당한 인간적 모멸감을 극복하고 동양 역사서의 근간이자 세계의 고전으로 높이 평가받고 있는 130여 권의 역사책 『사기』를 완성하였습니다.

- 도스토옙스키는 젊은 시절, 사회를 전복하려는 모임에 가담했다는 이유로 사형선고를 당하고 총살 직전까지 가는 고난을 겪은 후 그 경험과 당시의 네차예프 사건을 연결시켜 그의 문학

적 상상력으로『악령』이라는 위대한 책을 출판하였습니다.

- 구약 성경에 나오는 야곱은 장자의 축복을 대신 받은 죄로 형의 보복이 두려워 자신을 편애한 어머니의 도움으로 외갓집 하란으로 몸을 피신했습니다. 그곳에서 이기적이고 인색하며 자신을 철저히 이용한 외삼촌 라반 집에서 20년간 더부살이 동안 갖은 고초와 노동력 착취를 당했지만 그 기간을 하나님과 함께 있다는 믿음으로 잘 견디어 결국 그는 이스라엘의 시조가 되었습니다.

- 정약용은 신유사화로 참화를 당하는 대신 18년간의 기나긴 유배 생활을 했습니다. 그 기간 동안 보고 싶은 가족도 못 보며 외로움은 산처럼 쌓여 갔지만 결국『여유당집』을 완성하여 18세기 실학사상을 집대성한 한국 최대의 실학자이자 개혁자로 평가받고 있죠.

- 정도전 역시 노비 출신이었으나 때를 잘 만나 공민왕에게 발탁되어 정계에 진출하였습니다. 하지만 갑작스러운 공민왕의 죽음으로 유배를 당하게 되었고, 그곳에서 백성들의 삶이 얼마나 곤궁한지 직접 확인한 그는 백성 중심의 세상을 꿈꾸게 되었고 기어이 고려를 무너뜨리면서 조선 500년의 기틀을 세운 인물이 되었습니다.

"화란 복에 기대어 있는 바이며, 복이란 화가 엎드려 있는 바이구나."라는 문구가 떠오른다. 고난이 화이고 성과가 복이라고 가정한다면 딱 맞는 말인 것 같다. 이 경구의 주석은 읽을 가치가 있었다.

〈사람이 재앙을 당하면 마음이 두려워지고 마음이 두려워지면 행동이 단정해지며, 행동이 단정해지면 재앙과 화가 없게 되고, 재앙과 화가 없게 되면 천수를 다하게 된다. 행동이 반듯하면 생각이 무르익고 생각이 무르익으면 사물의 이치를 얻게 되고, 사물의 이치를 얻게 되면 반드시 공을 이루게 된다. 천수를 다하면 온전하게 장수할 것이며 반드시 공이 이루면 부유하고 귀해질 것이다. 온전하게 장수하고 부유하고 귀한 것을 복이라고 한다. 복은 원래 재앙이 있는 곳에서 생긴다.〉

〈사람에게 복이 있으면 부유함과 귀함에 이르고 부유함과 구함에 이르면 입을 것과 먹을 것이 좋아지고 입을 것과 먹을 것이 좋아지면 교만한 마음이 생기고 교만한 마음이 생기면 행동이 사악하고 괴벽해져 도리를 벗어나는 행동을 하게 되며, 행동이 사악하고 괴벽해지면 요절하고 도리를 저버리는 행동을 하면 공을 이루지 못한다. 무릇 안으로는 요절의 재난이 있고 밖으로는 공을 이룬 명성이 없는 것은 큰 재앙이다. 재앙은 본래 복이 있는 곳에서 생긴다.〉

세익스피어의 「리어왕」 중 동생에게 배신을 당해 최고의 귀족 신분에서 미치광이로 신분이 급락한 에드가의 '불행 받아들임'도 알아둘 만하다.

〈이렇게 드러내놓고 바보 취급을 당하는 게 속으로 욕을 얻어 먹으며 입에 발린 아첨을 받는 것보다 낫지. 불행의 밑바닥까지 떨어져 가장

비천한 처지에 빠지면 다시 올라갈 수도 있는 것이 아닌가. 인생의 절정에서 밑바닥으로 떨어지는 일이야말로 슬픈 일이다. 그러나 최악의 사태에서 희망이 솟아나는 게 아닌가. 그렇다면 나는 기꺼이 수용하리라. 보이지 않는 바람이여 불어라. 너로 인해 불행의 구렁텅이로 떨어졌지만 이젠 하나도 두렵지 않다.〉

화와 복이 한 가지에서 나왔다는 역사적 사례는 무궁무진하다. 우리 주위를 둘러보아도 '고난 끝에 성공'한 사람들이 많지 않은가? (물론 반대의 경우도 있고) 그들의 성공을 살펴 보면 잔혹한 운명을 받아들이고 그 속에서 평상심을 유지하며 삶의 가치를 드높일 수 있는 자신만의 무엇인가에 온 열정을 다 쏟아부었다는 공통점이 있다.

70 굳이 이 힘든 길을 가야 해?

일을 하다 보면 항상 원칙과 요령 사이에서 어떤 것을 선택할까 고민합니다. 통상 원칙을 준수하면 일이 번거로워지고 요령을 피우면 쉽게 처리할 수 있죠. 대신에 원칙을 지킨 일은 뒤탈이 없고 요령을 피워서 한 일은 향후 문제가 될 여지가 많습니다. 따라서 원칙은 지켜야 합니다. 그런데 세상의 제도는 원칙이 원칙을 낳아 실제로는 지킬 필요가 없는 규칙이 생기기도 하여 그 절차를 생략하는 게 훨씬 효과적으로 일을 처리하면서 탈도 없는 경우도 있습니다. 이럴 땐 삶의 철학자 몽테뉴가 말한 것처럼 작은 요령을 피워야죠. 일을 할 때는 그렇습니다.

하지만 인생을 논할 때는 좀 달라집니다. 쉬운 길로만 왔던 사람이 험한 길을 만나면 중도 포기할 가능성이 매우 많습니다. 온실 속에서 자란 화초가 보호막이 없어질 때 비극적 최후를 맞이하는 것처럼 말이에요. 반대로 시련을 많이 겪은 사람은 웬만한 어려움에도 흔들리지 않죠.

그럼 어떻게 살아야겠습니까? 영웅은 일부로 힘든 길을 자처하여 그것을 극복하는 사람들이라고 합니다. 우리는 영웅은 아니지만 인생에게 낭패를 당하지 않으려면 시련을 선택하고 의연하게 대응할 줄 알아야 하겠습니다.

힘든 길이 무엇일까요? 이런 것이 아닌가 싶습니다. 지금 내가 돈이 급합니다. 그런데 누군가가 와서 내용물을 잘 모르는 가방을 누구에게 전달해 주면 충분한 돈을 주겠다고 합니다. 이럴 때 그 제안을 거부하고 아르바이트를 하나 더 하는 것이 '힘든 길'입니다.

나는 이번에 꼭 영어 시험에서 100점을 받아야 합니다. 이럴 때 누가 커닝페이퍼를 작성하라고 권합니다. 커닝페이퍼를 작성하지 않고 실력을 키우는 것이 '힘들 길'입니다.

올해에는 꼭 진급이 되어야 합니다. 이 상황에 누가 유력한 후보자를 구설수에 휘말리게 하자고 은밀한 제안이 들어옵니다. 같이 동조하지 않고 자신의 성과를 높이려고 진력을 다하는 게 '힘든 길'입니다.

결국 '힘든 길'이란 시련, 고통, 어려움인데 그것은 쉬운 길로 가는 유혹을 거부함으로써 생기는 겁니다. 그런데 시련을 선택하면 뭐가 좋으냐고요? 이미 말씀드렸는데 인생한테 휘둘리지 않습니다. 인생이라는 놈은 얄궂어서 시련을 싫어하는 이들에게 쉬운 길로 인도했다가 갑자기 낭떠러지에서 밀어버립니다. 힘든 길을 선택하고 힘을 다하여 그 어려움을 극복하는 사람에게는 이렇게 황망한 일이 생기지도 않고 설사 생겼다고 하더라도 속수무책으로 당하지 않을 수 있습니다.

난 1년 전, 회사 내 생존경쟁에서 패배하여 여기로 유배를 당했다고 생각했었다. 당시 화난 마음에 사직하려는 마음도 먹었지만 그러면 패배하는 것이라고 단정하고 그만두더라도 명예를 다시 회복한 후 사표를 웃으면서 내던지겠다는 마음으로 지금까지 버티어 왔다. 그 과정에서 2% 부족한 현장 업무 지식을 쌓았고 많은 정신적 깨달음도 얻었다. 정신적 깨달음, 그것이 뭐였지?

아직 기회가 남아 있다

내가 걷는 길은 험난하고 미끄러웠다. 그래서 나는 자꾸만 넘어지곤 하였다. 길바닥 위에 엎어지곤 하였다.
그러나 나는 곧 기운을 차리고 나 자신에게 말했다.
"괜찮아. 길이 약간 미끄럽긴 해도 낭떠러지는 아니잖아"

-에이브러햄 링컨

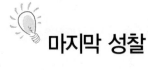

마지막 성찰

시련은 누구에게나 오며 그것을 극복하기 위해 긍정적 마음으로 최선을 다해 하루하루를 사는 것이 가장 현명한 방법입니다. 조바심, 불안감으로 애태울 필요가 없죠. 조바심, 불안감 같은 감정은 시련이란 놈의 강력한 무기들로, 불확실성을 겁내 하는 우리들을 자꾸만 약하게 만듭니다. 사는 동안 시련은 계속 오며 그 고난을 계속 극복해 나가는 것, 그게 삶이요, 자신을 찾아가는 과정입니다.

내 기준으로 모든 것을 판단하여 그것에 어긋나면 비난하고 또 굳이 그 틀 안에 집어넣으려고 상대방을 강요하지 말아야겠습니다. 모든 인간은 자신이 처한 환경에서 저마다 살아남기 위해 가장 적합한 삶의 방식을 선택하죠. 따라서 우리 모두는 각각의 독특한 사유 방식을 인정하고 이해하려고 노력해야만 합니다. 그래야만 나도 너도 모두 다 존중 받을 수 있습니다.

나의 잘남이 내 것이 아님을 알아야 합니다. 그것을 알 때 교만에서 발생되는 끔찍한 불행을 예방할 수 있습니다. 또 모든 사람의 협조와 노력으로 내가 잘 될 수 있었음을 분명히 인식해야만 내 주변 사람들에게 감사함을 느끼고 그들과 선한 웃음을 나누면서 살 수도 있게 되죠. 몰염치가 없어지고 배려와 희생, 결국 인과 덕이 제 힘을 발휘할 수 있게 됩니다.

사람은 감정의 동물이며 특히 자신보다 잘난 사람들에 대해서는 더더욱 감정적이게 됩니다. 그 감정 중 특히 질투란 놈은 독사와 같아서 그녀에게 한번 물리면 치명적인 상처를 입게 되죠. 따라서 그 무서운 질투를 비켜나가기 위해서는 죽을 때까지 겸손함, 자기 낮춤, 희생정신을 유지해야만 하겠습니다. 반면, 남의 잘남은 그냥 인정합시다. 그러면 지나친 질투 및 경쟁의식에서 오는 심한 정심적 피로에서 말끔히 벗어날 수 있습니다.

'운명'이라는 것, 있습니다. 자신이 봉착해 있는 현 상황을 이해할 수 없다고 해서 지금 이 순간이 잘못되었다고 말하지 맙시다. 있는 그대로 받아들이고 그 속에서 내가 잘할 수 있는 것이 무엇인지 찾고 피가 마를 정도로 열심히 해야 합니다. 재수 없다고 말하지 마십시오. 자신에게 이런 환경을 준 신의 깊은 뜻이 있음을 수용할 수 있어야겠습니다.

사람은 저마다의 목적을 달성하기 위해 일을 하는데 이는 행복과도 연결되어 있습니다. 어떤 일을 하든지 그 일에 가치를 두고 그것을 통해 성취감을 느끼면서 자아가 발전한다면 진정한 행복 열매 중 하나를 맛보며 사는 것입니다.

인생을 살면서 변화에 대한 능동적인 자세, 약자에 대한 배려, 욕심의 절제, 사람을 신뢰하는 마음자세, 보이는 미(美)가 아닌 보이지 않는 미를 볼 수 있는 능력, 복수의 허망함, 세상의 부당함을 일부 보았다고 그게 전부가 아니라는 것, 이런 것들을 알아야 합니다. 그러면 우리 삶은 웃음지을 수 있을 것 같습니다.

1년이 지난 지금 난 이 소중한 유배가 끝날지 아니면 연장될지 그 불확실 속에서 번민하고 있습니다. 어떻게 될까요? 하하. 미리 알면 뭐 하겠습니까. 불안해하며 기다리는 것도 사는 재미입니다. 슬기롭게 지낸 지난 1년을 생각하며 마음의 안정을 찾아봅니다.

어쨌든 며칠 뒤면 결과는 나오겠지요. 사실 명예롭게 이동하든 못하든 그게 인생 살면서 무슨 대수로운 일인가요? 지금 내 상황과 격이 맞지는 않지만 소크라테스가 죽기 전에 했던 말을 되새겨 봅니다.

"이제 나는 죽으려고 가고 여러분은 살려고 갑니다. 그러나 우리들 중 어느 쪽이 더 좋은 곳으로 가는지는 신을 제외하고는 아무도 모릅니다."

이후 전 어떻게 되었을까요? 궁금한 독자들이 많아진다면 또 다른 책으로 그 결과를 공개하겠습니다.

기다리는 법을 배워라

기다림을 배워라. 성급한 열정에 휩쓸리지 않을 때 인내를 가진 위대한 심성이 드러난다.
사람은 먼저 자기 자신의 주인이 되어야 한다. 그런 다음에야 타인을 다스리게 될 것이다. 길고 긴 기다림 끝에 계절은 완성을 가져오고 감춰진 것을 무르익게 한다.

-필립 2세

　최근 2014년 동계 올림픽에서 큰 이슈가 터졌습니다. 그 이슈는 바로 빅토르 안입니다. 빅토르 안이 왜 러시아로 귀화하였는가? 관계자가 아닌 우리는 진실을 알 수 없지만 그가 귀화를 결정하기 전에 떠돌았던 이야기를 정리하면 이렇습니다.

- 2006년 토리노 올림픽에서 그가 영웅이 되자 비한체대 측에서 열폭
- 고의인지 아닌지 모르지만 2006 세계선수권대회에서 경기 중
  그와 우리나라 선수와 몸다툼이 있었고 안현수가 1등을 빼앗김.
  (이 문제로 빙산연맹과 안현수 가족과의 갈등이 깊어짐)
- 이후 무릎부상으로 인한 슬럼프, 2010년 벤쿠버 올림픽 선발전 탈락 /
  2011년 안현수의 소속팀이었던 성남시청 해체(성남시청 자금 문제 등)

　빅토르 안이 귀화하게 된 원인은 제 시각으로 보면 '질투와 교만' 때문입니다. 안현수의 갑작스러운 등장으로 그는 관계된 모든 사람들의 질투의 대상이 되었습니다. 질투는 말씀드렸지만 붉은 눈을 가진 괴물로 정상적인 사람을 비정상적인 사람으로 만들죠. 잘난 사람을 인정하기 싫어하는 우리네 정서가 그를 참으로 힘들게 만들었던 것 같습니다.

　그가 교만하게 행동했는지 안했는지는 알 수 없지만 시기심에 사로

잡힌 사람들에게는 그의 모든 행동이 교만하게 보였을 겁니다. 안현수 역시 억울해서 언론에 호소한 것이겠지만 세계선수권대회에서 1등을 빼앗긴 이후에 일어난 빙산연맹과의 공개적인 마찰은 다른 측면에서 보면 '나 이렇게 잘났던 사람인데 한 번 해보자' 라는 교만도 조금은 있었을 것입니다. (그를 질타하는 것이 아닙니다. 오해 없으시기를!)

결국 질투와 교만이 씨알과 날줄로 얽혀져서 안현수를 포함하여 그와 관계된 모든 사람의 이성적인 판단을 무기력하게 만들어 결국 그가 러시아행을 선택할 수밖에, 그가 러시아로 가게 놔둘 수밖에 없었을 분위기가 조성된 것이라는 게 저의 해석입니다.

소속팀인 성남시청의 해체로 백수가 된 이후 그의 행적은 놀랍습니다.

– 러시아 귀화 요청 / 안현수 승낙
– 2014년 소치 동계올림픽 금메달, 동메달리스트. 재기 성공

안현수가 『김 차장, 유배당하다』에서처럼 시련을 맞이하여 마음의 안정을 찾기 위해 피가 마를 정도로 의식적인 노력을 했는지, 갑자기 낮은 위치에 처했음을 받아들이고 상황에 맞게 처신하며 재기하기 위해 최선의 노력을 다했는지, 자신이 도저히 이해하지 못하는 일이 발생되었을 때 그것을 묵묵히 수용할 줄도 알아야 한다는 것을 깨달았는지, 부조리로 가득찬 세상으로 보이지만 반드시 그렇지도 않다는 사실을 알았는지, 화와 복은 하나의 가지에서 나옴을 누군가 가르쳐 주었는지는 잘 모르겠습니다.

하지만 분명한 것은 그가 자신의 일에 대한 애정과 그것으로부터 나오는 성취감을 맛보기 위해 포기하지 않고 자기 자신과 싸웠다는 것이고 이를 대단히 높이 평가해야 한다는 것입니다. 그가 금메달을 획득했던 못했든 간에 말입니다.

이것으로 『김 차장, 유배당하다』의 에필로그를 기쁜 마음으로 마치겠습니다.